성냥팔이 소녀를
잊은 그대에게

## 성냥팔이 소녀를 잊은 그대에게

1판 1쇄 발행  2020년 11월 20일
1판 2쇄 발행  2022년 5월 10일

지은이  최충언
펴낸이  김현정
펴낸곳  책읽는고양이 / 도서출판리수

등록  제4-389호(2000년 1월 13일)
주소  서울시 성동구 행당로 76 110호
전화  2299-3703
팩스  2282-3152
홈페이지  www.risu.co.kr
이메일  risubook@hanmail.net

ⓒ 2020, 최충언
ISBN 979-11-86274-68-2  03810

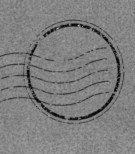

# 성냥팔이 소녀를
# 잊은 그대에게

소외받은 이를 향한 공감·연민·실천　　　　　최충언 에세이

책읽는고양이

프롤로그

# 조금 가난해지도록 노력합시다

"우리 모두 조금 가난해지도록 노력합시다. 제 어머니께서는 '모든 사람이 조금씩만 덜 가지면 한 사람 몫이 나온다.'라고 말씀하시곤 했습니다. 우리 식탁에는 항상 한 사람 몫의 자리가 더 있었어요."

이 말은 피터 모린과 함께 '가톨릭 일꾼(Catholic Worker)' 운동의 창시자이자 평생 가난한 이를 위해 일한 도로시 데이(Dorothy Day, 1897~1980, 행동가이자 명상가)가 1976년 8월 6일 미국 필라델피아에서 열린 세계성체대회에서 마더 테레사와 함께 강연자로 초청받아 팔순이 가까운 나이임에도 힘찬 목소리로 했던 말입니다.

부와 권력, 성공, 출세 등 모두가 지향하는 삶의 방향이라는 게 있습니다. 오늘날 대부분의 사람들은 그 방향을 추종하고 이야기 나누며 나름 열심히 노력합니다. 이러한 우리에게 '조금 가난해지도록 노력합시다.' 라는 말은 다소 낯선 주장입니다. 이 책에서는 이렇게 아무도 지향하지 않는, 그러나 엄연히 존재하는 다른 방향으로 불빛을 비춰보려 합니다.

안데르센의 동화 중에 '성냥팔이 소녀' 가 있습니다. 추운 밤 사이 소녀에게 전혀 관심을 주지 않았던 사람들은 날이 밝고 소녀가 얼어 죽은 모습을 보고서야 한 갑이라도 사주지 않은 것을 후회합니다. '소외' 란 늘 이런 식입니다. 관심이 없으면 보이지 않고, 처참한 속살이 드러났을 즈음 그저 양심의 가책으로 끝나는…. 그래서 근본적 해결 없이 되풀이되곤 합니다.

여기 실린 글들은 독자들과 상관없어 보이는 이야기들이고, 읽기에 불편한 글일 수도 있습니다. 힘이 없는 사람들, 사회에서 소외된 가난한 사람들의 이야기이기 때문이겠지요. 노숙자, 이주 노동자, 미혼모들의 아이들, 홀로 사는 노인들, 국가 폭력의 희생자들, 쪽방촌 사람들, 발달장애인 들이 그 주인공입니다.

자선 병원인 구호병원의 외과 의사로서, 가난한 달동네에 개업의로서, 이주 노동자들을 위한 〈도로시의 집〉과 쪽방촌의 〈사랑 그루터기〉 무료 진료소 의사로서 만난 환자들의 소소한 이야기들입니다. 노숙자들을 위한 아웃리치 활동을 하면서 만났던 거리의 사람들, 성당 사회

복지분과 활동과 인연이 닿아 만났던 사람들과 부대끼며 느꼈던 점을 그때그때 기록했던 글들입니다. 모두가 지향하는 모습은 아니지만 이 시대 우리와 공존하는 이웃임에 틀림없습니다. 외면할 수 없는 불편한 진실이랄까요?

개인의 가치관 형성은 삶의 여정에서 경험하는 많은 사건들의 영향을 받게 마련입니다. 저는 영어의 몸이 되었던 경험을 했고, 특이하게도 교도소에서 가톨릭 세례를 받았습니다. 그 경험이 오십 후반 줄에 들어선 나에게 좋은 삶의 자양분이 되었습니다. 좁은 독방의 생활은 외로워서 닥치는 대로 잡식성의 독서를 하며 200권은 족히 읽고 출소했습니다. 날마다 아침에 성경을 읽고 기도하는 생활이었습니다. 경건한 시간이었죠. 사회의 변혁을 위해 제가 당시 내린 결론은 어떠한 이념도 아니고, 바로 '사랑'이었습니다.

당시 저는 대학교 2학년이었지만 아직 소년수여서 김천소년교도소에 가게 되었습니다. 김천은 분지여서 겨울에 유난히 추웠습니다. 어느 날, 수녀들이 뜨개질을 한 털실 담요와 털장갑이 들어왔습니다. 한 땀씩 뜰 때마다 저를 위해 기도하면서 짰다고 들었습니다. 추운 겨울 온몸에 두 번 반을 감을 정도의 털실 담요였습니다. 그 사랑에 감사하며 추운 겨울을 버텨낼 수 있었던 저만의 행복한 추억도 가지고 있습니다. 제게 교리를 가르쳤던 수녀님께서 저의 손을 꼭 잡으며, "사랑은 인내입니다." 하시던 말씀이 지금도 귀에 쟁쟁합니다. '사랑은 참는 것'이란 걸, 그것도 오래 참는 것이라는 걸 그때 알았습니다.

가장 좋아하는 가수가 누구입니까, 라고 누군가 묻는다면, 한 치의 망설임도 없이 메르세데스 소사(Mercedes Sosa, 1935~2009)라고 말할 것입니다. 그녀의 주옥 같은 노래 중에 '모든 건 변하네(Todo cambia)'가 있습니다. 피상적인 것, 심오한 것, 생각의 방법도 변하고 태양의 궤도, 맹수의 털, 늙은이의 머리칼도 변하고, 그렇게 모든 것이 변한다고 노래합니다. "하지만 아무리 내 곁을 떠나 멀리 있어도 내가 살던 마을과 사람들, 그들과 함께한 고통과 기억, 그들을 향한 내 사랑은 변하지 않네." 사랑만은 변하지 않습니다.

지금은 400병상 규모의 요양 병원에서 일하고 있습니다. 치매나 뇌혈관 질환, 말기 암으로 거동이 불편하고 인지 기능이 떨어진 노인들이 대부분입니다. 고령 사회로 진입한 우리나라는 노인 문제가 점점 심각해질 것입니다. 가난한 노인들이 많습니다. 병원에 가둬놓고 데리러 오지 않는다는 할머니, 할아버지의 하소연을 듣는 것이 일과입니다. 마음이 아픕니다. 이 또한 불편한 진실입니다.

우리 사회의 불편한 진실에는 여러 가지가 있을 것입니다. 불편한 것보다 편한 것을 좋아하는 것은 인간의 본성입니다. 그러나 진실을 바로 보는 것이 중요합니다. 그래서 시대의 징표를 잘 읽어야 합니다. 시대의 징표는 역사의 특정한 시기에 하느님의 백성에게 하느님의 뜻을 나타내기 위하여 일어난 일들, 그 일들의 주위 상황, 그리고 말씀들을 총체적으로 표현한 것입니다. 저는 '가난'이 우리 시대의 징표라고 이해합니다. 교회의 가르침 중에서 제 삶의 모토는 '가난한 이들을 위한 우선적 선택(preferential option of the poor)'입니다. 언제나 가난한 사람들의 편을 드는 것입니다. 편애하는 것입니다.

인간의 고통 앞에 중립은 없습니다. 우리가 선택의 기로에 섰을 때는 가난한 사람들의 편에 서는 결정을 하는 것입니다. 그 선택이 전부 옳은 것일 수는 없습니다. 그러나 대개는 그러한 선택이 옳다는 것을 경험으로 압니다. 누구나 살면서 힘들 때도 있고, 타인으로부터 위로받고 싶을 때가 있습니다. 우리는 가난한 사람들의 고통을 외면하기도 하고, 공감하기도 하고, 선한 사마리아 사람이 되기도 합니다.

우리가 가난한 사람들의 고통에 공감하고, 자선을 베풀면 사람들은 성인이라고 칭송을 합니다. 그러나 왜 그들이 가난한지 이유를 물으면 색안경을 끼고 보지요. 자선이 많아졌다는 것은 평등이 후퇴하고 있다는 반증일 수도 있습니다. 그것은 가난의 문제를 해결하겠다는 희망을 버리고, 관리하는 방향으로 돌아섰다는 것이고, 근본적 예방보다는 일시적 피해 복구를 우선시하는 것이니까요. 착한 사마리아 사람이 늘어나는 것은 좋은 일입니다. 그보다 먼저 배고픈 강도가 생기지 않도록 애쓰고, 가난의 구조적 원인을 없애고, 더불어 나누며 살 수 있는 사회를 만드는 게 먼저 아닐까요?

앞만 보고 달리는 사회에서 잠시 발걸음을 멈추고 주위를 돌아보면 어려운 이웃들이 살아가는 모습이 보입니다. 그들에게 연민과 공감을 느낀다 하더라도 사랑을 실천하는 것은 또 다른 일입니다. 말을 하지 않거나 글을 쓰지 않더라도 묵묵히 실천하는 분들도 있습니다. 남을 사랑하는 사람은 율법을 완성한 것이라고 사도 바오로는 말했습니다. 우리가 남에게 해야 할 의무 중에서 아무리 해도 다할 수 없는 의무 한 가지는 사랑의 의무입니다. 그래서 사랑이 참 어려운 것인가 봅니다.

이 책은 가난한 이들에 대한 우선적 선택과 가난한 이들에 대한 사랑의 의무를 조금이나마 행하려고 노력하는 경험 가운데 쓴 글들입니다. 우리 이웃에게서 보이는 고통을 자신의 고통으로 이해하게 해주었습니다. 지난 시간 속에 스스로를 돌아보는 계기가 되었습니다.

우리는 지금 성냥팔이 소녀를 잊었지만, 잊었다는 것은 알고 있음을 전제합니다. 이 책의 소소한 이야기들이 잠자는 양심을 깨우고, 사랑을 실천하는 데에 마중물이 되길 빌어봅니다. 이 시대의 성냥팔이 소녀의 결말이 해피 앤딩이 될 수 있도록 공감과 연민, 그리고 실천으로 이어지기를 바랍니다. 도로시 데이의 말처럼 조금 가난해지

도록 노력합시다. 책 속의 주인공들에게 고마운 마음을
전합니다.

(2020)

# 차례

# 1. 노숙자 이야기

## 인권의 눈으로 바라보면

우리는 대개 노숙인 문제를 여전히 동정의 시각으로 본다. 나는 이런 시각이 불편하다. 동정으로 보면, 노숙인은 우리가 '도와주어야 할 사람들'인 것이다. 이런 이야기를 흔히 듣는다. "지하도 계단에서 구걸하는 사람에게 동전 하나 건네주지 못해 마음에 걸려요. 돕고는 싶지만 적선한 돈으로 술을 마시니 돕고 싶은 마음이 없어집니다. 지나치고 나면 무언가 마음 한구석이 찝찝하고 죄 지은 것 같아요." 적선하고 싶으면 하는 거고 말면 마는 것 아닌가.

우리는 살면서 불쾌한 경험을 한다. 우리가 가끔 겪는 노숙인에 대한 불쾌한 경험은 대개 이런 것이다. 술 냄새를 풍기며 불결한 손을 내밀어 돈을 달라고 한다. 아무 곳에나 드러누워 잠을 잔다. 행패를 부리거나 상스러운 말을 지껄인다. 계절에 맞지 않는 옷을 입고 고약한 냄새를 풍기며 버스나 지하철을 탄다. 지하도에서 술을 마시며 함부로 담배를 피우고 바닥에 버린다. 이런 경험들은 우리를 윤리적인 당위와 현실적인 감정 사이에서 갈등을 느끼게 한다.

가난한 이웃과 함께 살아가는 사회는 연민의 감정에서 출발된다. 연민 없는 사회를 어떻게 사람 사는 곳이라고 말할 수 있을까? 그렇지만 보다 건강한 사회가 되기 위해서는 그 연민을 넘어서는 것이 필요하다. 그것은 바로 인권의 문제이다. 주거권, 건강권, 교육권, 노동권 같은 기본 인권에 속하는 문제이다.

노숙인의 문제는 보편적 인권의 문제다. 인권의 문제는 개인의 느낌이나 체험의 문제가 아니다. 노숙인이 불쌍하기 때문에 돕는다는 생각을 넘어선다. 그들도 하느님의 모상대로 창조된 존엄한 인간이다. 따라서 존엄한 인간으로서 최소한의 권리를 보장받으며 살아야 한다는 것이다. 어떻게 사람을 이성적으로 대할 것인가에 대한 문제인 것이다.

최저 임금 만 원 문제도 그렇다. 자본의 처지에서는 임금 인상을 좋아할 리가 없다. 기업은 언제나 사람보다 이윤이 먼저다. 그러니 경제계나 보수 언론에서의 반대는 불 보듯 뻔하다. 중소기업가나 자영업자 쪽에서 시급 인상에 따르는 경제적 어려움을 토로하는 것은 이해할 수 있다 하더라도 인간으로서 존엄을 지키기 위한 최소한의 수단 가운데 하나가 최저 임금제다. 수구 기득권 세력이 여러 이유를 대며 반대하더라도, 진보 세력은 그 사안이 인간의 존엄성에 대한 문제라면 꼭 필요한 단 하나의 가치 실현을 위해 힘을 쏟아야 한다.

이웃이 처해 있는 어려운 현실을 보고 동정심이나 연민의 정이 생기는 것은 인지상정이다. 그러나 나쁜 사람이 어려운 처지에 처해 있을 때는 동정심이나 연민의 정이 쉽게 일어나지 않는다. 그런데 인권의 눈으로 바라보면, 악인이든 선인이든 그 사람이 인간인 이상 최소한의 존엄성을 유지할 수 있어야 한다. 나쁜 사람이라고 그들이 비인간적인 생활을 하도록 방치한다면 그것은 한 인간이 방치된 것이 아니라 모든 사람의 가치가 추락하도록 방치하는 것이기 때문이다.

우리나라 사람들에게 '집'이란 사람이 사는 공간이라는 의미를 넘어선다. 집을 재산 축적의 수단으로 보는 경향이 국민들의 정서에 강하게 자리잡고 있다. 게다가 빈부 격차로 인해 집을 못 가진 사람도 절반이나 된다. 노숙인과 같은 취약 계층에게 주거를 보장하라고 하면 당장 "나도 집이 없는데, 홈리스에게 주거를 제공한다고! 말도 안 되는 소리."라는 말을 들을 가능성이 높다. 주거권의 문제는 사유 재산권의 문제를 넘어서 삶의 토대에 관한 공공의 문제라는 인식을 찾아보기 어렵다.

　노숙인의 문제는 복합적이다. 대부분의 사람들이 노숙 문제를 실업의 문제로 생각한다. 실업이나 파산, 가정의 붕괴, 건강 악화, 지역사회 공동체의 붕괴 등의 원인 외에 주거 문제도 중요한 배경이다. 주거 문제는 노숙의 원인이자 결과가 되기도 한다. 집이 없어서 노숙을 하지만 노숙 생활에 익숙해지다보면 집 마련하기가 현실적으로 불가능하다. 빈곤 계층 중에서 노숙인 같은 취약 계층을 위해서는 주택 제공이 필수적이다. 우리나라의 노숙인 복지 정책은 그들이 비노숙인의 눈에 띄지 않기만 하면 끝이다.

　지난 번 아웃리치에서 만났던 R군의 경우가 떠오른다. 구포역에서 만났는데, 노숙을 한 지 4년 되었다고 했다. 응급 잠자리를 제공하기 위해 승합차에 태워 이야기를 나누었다. 공고 2학년을 중퇴하고 공사장에서 살아온 이야기, 어린 시절의 이야기는 가슴을 울렸다. 아파트 공사장에서 전기 설비 일을 열심히 하면서 살려고 애를 많이 썼다. 그러나 어릴 때 다친 다리와 사고로 성한 다리를 다쳐 수술을 한 뒤로는 힘을 제대로 쓸 수가 없었다. 일자리를 구하지 못하니 자연스레 노숙을 하게 되었고, 음식도 쓰레기통을 뒤져 먹었다고 한다.

　R군은 현재 응급 잠자리를 거쳐 자활 센터에 들어갔다. 곧 무릎 수술을 하고 마음과 몸을 추스른 후 당분간은

자활 센터에서 생활해야 할 것 같다. 경사진 곳에 나무로 만든 데크(deck) 밑에 사람이 살고 있다고 상상이나 해본 일이 있을까? 역에는 많은 사람들이 오고가고 했지만, 우리들의 눈에는 R군이 보이지 않았던 것이다. 무려 4년 동안이나 말이다. 너무 가슴이 아팠다.

노숙인에게 집을 마련해주는 것을 도덕적 해이라고 말하거나 최저 임금이 가파르게 올랐다고 입에 게거품을 무는 사람들에게 연민은 없다.

노숙인에게 한 푼을 쥐어주는 일은 노숙인의 인권이 보장되게 만드는 것보다 더 쉽고 간단하다. 인권의 문제는 쉽지 않은 길이다. 그렇지만 가야만 하는 길이기도 하다. 최저 임금 인상 찬반 논의에서 보듯, 최저 임금 노동자의 얇은 월급 봉투를 당연하게 여기는 우리 사회의 부조리를 깨부술 수 있느냐가 관건이다. 사회적 약자에 대한 배려와 인간답게 더불어 살아야 한다는 사회적 합의를 이루고, 작은 일부터 실천하는 일만 남겨져 있을 뿐이다.

(2017)

## 홈리스에게 누울 자리의 의미

대학 새내기 시절에 딱 한 번 노숙 아닌 노숙을 한 적이 있다. 친구가 다니던 대학가에 놀러 갔다가 밤이 늦어 버스를 놓쳤던 것이다. 호주머니는 비었고, 걸어서 집으로 갈 수 있는 거리도 아니었다. 한참을 걸어가다가 어느 교회에 들어가니 긴 나무 의자가 눈에 띄었다. 늦가을이라 한밤의 바람은 매서웠고 기온은 낮았다. 우리 다섯 명은 뒤에서 껴안는 자세로 번갈아가며 날을 샜다. 그날 얼마나 떨었는지 여명이 밝아오자 근육이 말을 듣지 않았다. 하룻밤의 노숙 경험만으로도 이렇게 힘이 드는데, 그것이 일상이 된다면 어찌 견딜까?

나에게 강렬한 인상을 준 사진이 있다. 페이스북에 올린 페친의 담벼락에서다. 노숙자들에게 잠자리와 식사를 제공하는 미국 샌프란시스코 다운타운의 성 보니파시오 성당(St. Boniface Catholic church) 내부의 긴의자에서 잠을 자고 있는 노숙자들의 사진이다. 세어보니 서른다섯 명은 족히 넘었다. 가난한 이들과 함께하는 교회의 본 모습이었다. 주일 미사 이외에는 별 용도가 없는 성전이 이렇게 집 없는 사람들에게 유용할 수 있구나. 정말 아름다운 모습이었다.

교회의 이런 모습은 프란치스코 교황이 모범을 보이고 있다. 남부 유럽에 유례가 드문 혹한이 찾아왔을 때였다. 로마 트라스테베레 지역에 위치한 성 갈리스토 성당을 노숙자들을 위한 숙소로 제공했으며, 서른 명의 노숙자가 이곳에서 따뜻한 잠을 잘 수 있게 되었다는 뉴스를 보았다. 또한, 교황청 소유의 승용차와 승합차를 야간에 바티칸 성 베드로 광장 인근에 주차해 노숙자들이 추위를 피하는 용도로 이용할 수 있도록 하라고 지시한 바도 있다.

아웃리치를 다녀보면 추운 날씨에 얼어 죽는 노숙자가 생각 밖으로 많다. 그래서 동절기에는 동사 유무 확인이 주요 관심사가 될 수밖에 없다.

길에서 자는 사람들은 보금자리까지는 바라지도 않는다. 그저 추위를 막고 따뜻한 한 몸 뉠 자리가 필요할 뿐이다. 때때로 서울에 갈 일이 있어 일을 마치고 새벽 첫 기차로 부산으로 내려오기 위해 들르는 서울역에는 눕기 불편하게 만들어놓은 의자에 웅크리고 잠을 자고 있는 사람들을 만나게 된다. 군이 칸을 질러 노숙자들이 그나마 등을 대고 누워 잠들지 못하게 만들었을까? 무슨 놀부 심보란 말인가? 의자에 몸을 누이려면 칼잠을 자듯이 웅크릴 수밖에 없는 구조다. 잠이라도 반듯하게 잘 수 있도록 칸을 치울 일이다. 노숙자보다 가난한 사람들이 있을까?

노숙자 복지 대책 중에 '주거 우선' 전략이라는 게 있다. 샘 챔베리스가 제안한 이 전략은 안정적 주거가 확보된 뒤에야 사람들은 자신들의 문제에 대한 대처를 시작한다는 이론에서 출발한다. 노숙자에게 일을 하라거나, 생활 태도를 바꾸라거나, 단체 생활을 하라는 등의 아무런 조건도 달지 않고 독립적으로 살 곳을 제공하는 실험을 했다. 캐나다의 인구 6만 3000명의 작은 도시인 메디신햇은 노숙자 해결책의 대표적인 성공 사례다. 노숙자라면 알콜 중독, 정신 질환을 따지지 않고 주거를 제공했다. 보통 방 한 칸의 깔끔한 아파트가 제공되었다. 결과는 놀라웠다. 주거만 제공하는 비용이 노숙자들에게 긴급 의료 등 각종 서비스를 제공하는 비용보다 저렴했고, 근본적인 효과가 있었다.

고단함에 지친 막노동꾼들이 소주 잔을 기울이는 포장마차, 지나가는 손님을 한 명이라도 더 끌어들이려고 온몸을 흔들며 목청을 높이는 재래 시장, 불구가 된 다리를 엎드려 끌며 부는 하모니카 소리가 나는 남포동 거리, 남루한 옷을 입고 희망을 잃어버린 노숙자들이 누워 있는 지하도 같은 가난한 사람들이 아등바등 살아가는 세상, 바로 이런 곳이 예수가 찾아가고자 하는 장소가 아닐까?

"이 세상의 재화는 원래부터 모든 사람들을 위한 것이다." 사유 재산권은 유효하고 필요하지만, 그것이 이 원칙의 가치를 없애지 못한다. 사실상 재산의 사유는 '사회적 저당권'이 설정되어 있는 것이며, 이 말은 사유 재산이 본질적으로 사회적 기능을 갖는 것이며, 재화가 만인을 위한 것이라는 원리에 기반을 두고서, 또 그 원리에 의해서 정당화되는 것임을 뜻한다. 마찬가지로, 가난한 이들을 배려함에 있어서 특수한 형태의 가난, 즉 기본 인권이 결여된 가난, 특히나 종교 자유의 권리와 경제적 창의의 권리를 박탈당하고 있는 빈곤을 간과해서는 안 된다.

(2017)

## 노숙자의 발

세계 인권 선언 25조에 정한 바에 따르면, 노숙(홈리스)이란 '적절한 삶의 수준' 중에서 주거가 보장되지 않는 상태를 말한다. 그러나 노숙자 문제는 단순히 주거문제 뿐만 아니라 실업과 빈곤, 사회적 차별, 정신적·육체적 질환과 관련되어 있다.

어느 날 말끔한 얼굴의 중년 남자가 진료실에 들어왔다. 추레한 차림새를 한 환자는 의자에 앉자 양말을 벗었다. 오른쪽 발등이 많이 부어 있었고, 장딴지까지 벌겋게 부어 있으면서 열이 났다. 숨을 쉬기조차 힘들 정도로 발가락에선 썩는 냄새가 났다. 진단을 내릴 필요도 없다. 당뇨발(DM Foot)이다. 먼저 발가락뼈의 손상이 없는지 엑스레이 사진부터 찍었다. 사진에는 새끼발가락이 이미 상해 있었다.

"아니, 이리 되도록 병원에 한 번 안 가셨나요?"

"저는 8년째 노숙 생활을 하고 있습니다."

"당뇨 합병증으로 발가락이 상하고 피부가 썩고, 염증이 발등까지 부어올랐으니 입원 치료를 하는 게 좋을 것 같아요. 마지막으로 혈당 재어보신 게 언제입니까?"

"6개월이 넘었어요. 당뇨약을 먹지는 않았고요. 전에 한번 검사해보니 하이(High, 혈당 체크 불가)로 나왔어요."

"입원을 시켜드릴 테니, 가족이나 친척에게 연락을 하세요. 치료비 걱정은 마시고."

올해 55세인 환자의 말은 이랬다. 아내와 이혼하고 노숙한 지 8년째란다. 주로 어디서 잠을 자느냐니까, 토성동 부산대학병원 앞 지하도에서 잔다고 했다. 부산대 응급실에 들어갔다가 쫓겨나기를 되풀이한다고. 구걸하여 몇 푼 얻으면 찜질방에 가기도 하고. 환자는 알겠다며 보호자를 데리고 오겠다고 했다. 다음날, 그 다음날도 환자가 오지 않아 마음 한구석이 불편했다. 다시 안 오면 어떡하지? 내가 일하는 병원은 환자를 무료로 치료해주지만, 입원 환자의 경우에는 가족이나 친지가 있을 때는 반드시 보호자의 동의를 얻어야만 한다.

얼마 전 대한당뇨병학회에서는 국내 당뇨병 환자 3명 가운데 1명이 발이 썩어 들어가는 당뇨병성 족부궤양(당뇨발) 발병 가능성이 높은 '당뇨병성 신경병증 통증' 을 앓고 있다는 조사 결과를 발표했다. 발의 말초 신경이 손상돼 극심한 통증이 발생하는 당뇨병성 신경병증 통증을 방치하면 당뇨발로 악화돼 발가락이나 발목까지 절단하는 경우도 많다. 당뇨병성 신경병증 통증 유병률이 33%에 달해, 당뇨병 합병증으로는 눈의 망막 이상(34.4%) 다음을 차지했다. 그만큼 당뇨 합병증 중에서 가장 비참한 합병증이 바로 당뇨발이다.

며칠 후 환자가 보호자를 데리고 왔다. 아들과 함께. 며칠 사이에 염증은 더 진행되어 종아리까지 벌겋게 부어 있었다. 아들은 아버지에 대한 더 이상의 애증도 없다고 했다. 사랑의 반대말이 무관심이라더니. 입원 수속을 마치고 병실에 갔더니, 아들은 사라지고 없었다. 수녀의 말로는 환자가 사관 학교 출신이라고 했다. 얼굴도 잘 생겼고 번듯한데 이혼을 왜 했을까? 항생제를 하루 투여하니, 장딴지의 염증은 가라앉았다.

입원하면서 촬영한 흉부 가슴 사진에서 왼쪽 폐에 달걀 크기의 혹이 보였다. CT 검사에서 폐암으로 진단되었다. 오른쪽 폐에도 전이가 된 상태였다. 수술이 불가한 상태였다. 폐암 진단을 받고 이틀 뒤 부인이 외래 진료실로 찾아왔다. 현재 환자의 상태를 설명하자, 부인은 눈물을 흘리며 저간의 사정을 이야기했다. 아마 환자가 은행 빚이 많고 사채도 끌어다 사용하여 파산 절차도 밟지 못한다는 것이었다. 그래서 환자는 숨을 곳도 없어 거리로 나가게 되었다고 했다.

두 달 가까이 입원을 한 환자는 퇴원을 원했다. 발의 상처는 많이 아물어가고 있었지만, 다 나은 게 아니어서 좀 더 입원 치료를 하고 퇴원하시라고 권유했다. 통원 치료를 하겠으니 집에서 사흘 정도 있다가 사정이 여의치 않으면 마리아구호소에라도 입소하겠다고 했다. 마리아구호소는 행려자들을 위한 수용 시설이다. 퇴원하는 환자를 보내며 여러 가지 생각이 들었다. 혹시 사채업자들에게 신분이 노출된 것은 아닌가 하는. 그래서 갑작스레 퇴원을 하게 된 것은 아닌지 모르겠다. 가슴에는 몸을 갉아먹는 암세포를 지닌 채⋯. 유난히 강추위가 기승을 부리는 요즘, 노숙자들에게 한 줌 햇빛이라도 비치는 날들이어서 왔으면 좋겠다. 날이 추우니 마음마저 추워지는 요즘이다.

(2011)

## 엄마 같은, 박종철의 똥색 오리털 파카

늦은 밤이다. 굴다리 밑에서 노숙을 하는 분들을 찾아가는 아웃리치다. 언제나 텁텁한 공기는 알레르기가 있는 코 점막을 자극한다. 한 주 걸러 금요일 밤에 한 번씩 찾아가는 길이지만 그날은 마음이 무거웠다. 허탕을 칠 수도 있다고 생각했다. 이곳은 노숙하는 형제가 고단한 몸을 누이는 곳인데 이달 초에 동생이 사망했다는 기사를 지방 신문에서 읽었기 때문이다.

형은 술병으로 동생을 잃었다. 형은 동생과 의지하며 살았던 그 자리에서 다른 홈리스와 이야기를 나누고 있었다. 낡은 매트리스에 앉아서 우리를 반겨주었다. 막걸리 한 통과 소주 한 병은 거의 비어가고 있는 중이었다. 형은 동생에 대한 그리움과 불면증을 호소했다. 우리는 그저 그의 말을 들어주는 것밖에 할 수 없었다. 덜커덩거리며 기차가 굉음을 내며 지나갔다. 더 이상 내려갈 곳도 없는 밑바닥 인생이다. 그는 자리에 누워 잠을 청하면서 무슨 생각을 할까?

노숙을 하거나 벼랑 끝에 내몰린 쪽방촌 사람들 중 상당수가 알코올 중독 문제를 가지고 있다. 늦은 밤 부산역 광장에 가보면, 술판을 벌이는 모습을 쉽게 볼 수 있다. "사람이 술을 마시고, 술이 술을 마시고, 술이 사람을 마신다."는 말이 있다. '방 안의 코끼리(Elephant in the room)' 격이다. 명백한 문제임에도 무시하거나 언급하지 않는 불편한 진실을 이를 때 쓰는 말이다. 자신에 대한 존중과 가치가 있어야 할 자리에 공백이 생기고 마치 진공 상태의 공간에 공기가 빨려들듯 무서운 속도로 술이 그 자리를 채우곤 한다.

엎어지면 코 닿을 거리에 있는 다른 굴다리를 찾았다. 바람막이용으로 박스로 잘 만들어놓은 공간인데 사람이 없다. 대신 벽걸이 시계와 시집 한 권이 굴다리 벽에 정갈하게 세워져 있었다. 시집을 펼쳐보았다. 김종해, 김종철 형제 시집 〈어머니, 우리 어머니〉(문학수첩)였다. 순간, 감동이 몰려왔다. 햇살 한 줌의 희망을 보았다. 허탕을 치고 돌아 나오는 길에 시집의 주인을 만났다. 그는 빈 박스를 주워 굴다리의 잠자리로 돌아오던 길이었다.

나는 어머니를 엄마라고 부른다
사십이 넘도록 엄마라고 불러
아내에게 핀잔을 들었지만
어머니는 싫지 않으신 듯 빙그레 웃으셨다
오늘은 어머니 영정을 들여다보며
엄마 엄마 엄마, 엄마 하고 불러 보았다
그래 그래, 엄마 하면 밥 주고
엄마 하면 업어 주고 씻겨 주고
아아 엄마 하면
그 부름이 세상에서 가장 짧고
아름다운 기도인 것을!

김종철, '엄마 엄마 엄마'
김종해 · 김종철, 《어머니, 우리 어머니》(문학수첩)

하느님께서 모든 곳에 임할 수 없어 대신 어머니를 보
내셨다는 탈무드의 구절이 떠올랐다. 아웃리치 활동을 위
해 타고 다니는 봉고 안에서 다음 활동지까지 가는 동안
생각이 많아졌다. '어머니'라는 세 음절의 단어 때문이었
다. 나도 아직 어머니를 엄마로 부른다. 나의 기억은 19살
청년 시절로 되돌아갔다. 한밤중에 집에서 체포되어 나올
때, "아저씨들 와 이러십니까?" 하시던 엄마의 떨리던 목
소리. 대공 분실에서 물고문을 받고 부산구치소에서 첫

면회를 할 때였다. 우리 모자는 우느라고 귀한 면회 시간을 모두 소비해버렸다. 여든이 넘으신 엄마를 생각나게 하는 시였다.

한 평도 되지 않는 독방에 갇혔을 때 가장 힘든 것은 책을 읽을 수 없다는 것이었다. 가족 면회조차 한 달 가까이 허락되지 않았다. 교도관에게 이야기했더니 파란 표지의 손바닥만 한 네 복음서와 시편이 실린 성경을 넣어주었다. 호텔·병원·교도소·학교에 성경을 나누어주는 일을 하는 국제기드온협회에서 발간한 성경이었다. 깨알같이 작은 활자였지만, 몇 번을 읽었는지 모른다. 나의 활자에 대한 갈증은 그렇게 해갈되었다.

굴다리 아래서 잠드나 인신이 구속된 채 좁은 독방에서 잠드나 힘들다는 점에서는 별반 차이가 없을 것이다. 인문학이 주는 힘은 무얼까? 생각의 힘과 사건을 해석하는 능력을 길러주는 것이 아닐까? 영어의 기간 동안 대략 200여 권의 책을 읽었다. 잡식성의 독서였다. 그때 읽었던 인문학 서적들이 지금껏 살아오는 데 알게 모르게 나의 자양분이 되어주었다.

우리의 인지는 세 단계로 이루어진다고 한다. 사건에 대한 감각적 파악, 그에 대한 해석, 그리고 그 해석에 따른 삼정의 순서다. 대체로 사건 자체는 가치 중립적이다. 비가 내린다는 사건에 대해서는 이론의 여지가 없다. 그러나 그에 대한 해석은 다양하다. 비가 와서 정원의 화초에

물을 주지 않아도 되니 좋다고 할 수 있다. 반면에 정원에서 차를 마실 수 없게 됐다고 짜증을 내는 사람도 있을 수 있다. 우리가 느끼는 감정은 사건 자체가 아니라 그에 대한 우리의 해석에서 나온다. 노숙인을 바라보는 우리의 뻐딱한 시선의 교정에도 인문학이 필요하다.

최근의 통계를 보면, 부산 거리의 노숙인은 154명이다. 잠재적 노숙인들 중 PC방, 찜질방, 만화방, 기원 등에서 잠을 자는 경우도 많아 정확한 노숙 인원을 파악하기에는 무리가 있다. 부산의 경우, 자활·재활 요양 시설에 있는 노숙인이 632명, 쪽방 등에서 생활하는 노숙인이 894명 있다. 노숙인종합지원센터는 두 곳이 운영되고 있다. 센터는 상담·시설 연계, 응급 잠자리와 위생 서비스 제공, 무료 급식 지원, 의료 서비스 제공, 주거·일자리 지원, 주민등록 복원, 신용 회복을 위한 법률 서비스 지원 등 노숙인 자립 지원을 위한 종합적인 도움을 준다. 세 곳의 자활 시설에서는 노숙인에 대한 숙식 제공, 직업 교육, 자활 프로그램 등 각종 복지 서비스를 제공하고 조속한 사회 복귀를 지원한다. 두 곳의 쪽방 상담소는 노숙인이 거리 노숙이나 시설 생활을 마무리하고 자립할 수 있도록 임시 주거 지원, 매입 임대 주택 공급, 생활 지원 및 심리 정서 프로그램을 제공한다.

주거와 일자리, 무료 급식 같은 서비스만으로는 노숙인이 주체적인 삶을 살지 못한다. 자존감 회복이 시급하다. 노숙인의 자립과 자활을 위한 사회, 경제, 제도적 기반이 취약한 상황에서 일시적인 일자리 제공과 주거 지원은 한계가 있기 마련이다. 자립 의지를 키울 수 있도록 하는 교육 지원 활동을 함께 진행하는 것이 요즘의 추세인 것 같다. 인문학 과정이 노숙인에게 필요한 이유다. 문학, 철학, 예술사, 한국사, 글쓰기 등 1년 2학기 과정의 인문 교양 교육 프로그램으로 운영하는 노숙인 지원 센터도 있다. 스스로 성찰하며 배울 수 있는 기회를 주기에 희망의 인문학이다.

30년 전, 6월 항쟁의 불씨가 되었던 박종철 열사는 1987년 1월 14일 서울 남영동 대공 분실에서 모진 고문 끝에 숨졌다. 최근에 신문을 읽다가 다시 그를 돌아보게 되었다. 그를 기억하는 동창생이 전한 내용이다. 등교하던 중에 노숙인에게 당시 유행하던 '똥색 오리털 파카'를 벗어주었다고 한다. 아름다운 사람이었다. 타인의 아픔을 자신의 아픔으로 받아들이는 사람들은 항상 먼저 세상을 떠나는 걸까?

가난을 게으름의 산물로 여기는 세상의 잣대가 시퍼렇게 살아 있는 자본주의 사회에서 가난한 이웃을 진정으로 사랑한다는 게 가당키나 한 일일까? "부자가 하늘나라에 들어가는 것이 낙타가 바늘 구멍으로 들어가는 것보다 더 어렵다."거나 "행복하여라, 마음이 가난한 사람들! 하늘나라가 그들의 것이다."라는 예수의 말씀도 세속화된 오늘날의 교회에서는 설 땅을 잃어가고 있지는 않은지.

한 사람도 빠짐없이 "엄마" 하고 세상에서 가장 짧고 아름다운 기도를 불렀던 우리들이 아닌가? 공감과 배려가 되살아나 타인의 아픔을 자신의 아픔으로 여기는 공감의 시대가 복원되기를 희망한다. 굴다리 밑의 시집 한 권으로도 충분하다!

(2017)

## 가난한 향기를 풍기는 사람

　겨울이면 노숙자들도 따뜻한 남쪽으로 이동한다. 겨울에 부산역 지하도에 노숙자가 부쩍 늘어나는 이유다.
　K씨를 본 것은 병원 접수대에서부터 배가 아프다고 안절부절 못하는 모습을 복도를 지나다 마주친 게 처음이었다. 환자 상태가 수술을 해야 할 정도로 위급해 보였다. 옆에는 환자의 살림 보따리(?)인 듯한 짐이 있었다. 보호자도 없고, 의료 급여 카드도 없고, 돈도 없고, 가진 것은 건디기 힘든 복부 통증으로 연신 아픔을 토해내는 깡마른 몸뚱이뿐이었다.
　일단 접수를 하고 급하게 복부 사진을 찍어보니, 기계적 장폐쇄(mechanical intestinal obstruction)란 진단을 내릴 수 있었다. 대장이 풍선이 터질 듯이 늘어나 있었고,

소장은 늘어나고, 부어올랐다. 복부 진찰을 할 때 보니 뱃가죽은 바늘만 찔러도 피식하는 소리가 날 정도로 부풀어 올랐고, 청진기를 대보니 쩌렁쩌렁하는 금속성 장 운동 소리가 들렸다. 틀림없는 기계적 장폐쇄라 응급 수술을 해야 할 판인데, K씨가 알려준 집 전화 번호로 전화를 해도 "그런 사람 없습니다. 전화 잘못 거신 것 같네요." 하는 대답뿐 수술 동의서를 써줄 가족과 연락할 방법이 없었다. K씨는 집 나온 지 오래된 노숙자였던 것이다.

검사 결과는 더욱 비관적이었다. 혈압은 겨우 유지하고 있지만 맥박이 빠르고, 열도 나고 백혈구 수치가 25,400/$\mu\ell$를 넘어 패혈증 상태로까지 진행되고 있었다. 장폐쇄 원인 중 가장 많은 것이 복부 수술을 받은 경험이 있는 경우 유착성 밴드가 장을 졸라매는 것인데 K씨의 복부에는 20년 전 복막염 수술을 받은 상처가 있었다. 암이나 탈장 등 원인은 수없이 많다.

수술은 해야겠고, 가족과는 연락이 안 되고…. 이럴 때는 동사무소나 경찰에 연락하여 신원 조회를 하는 것이 빠르다는 걸 경험으로 알고 있다. 우선 수술 준비를 하면서 장이 막힌 원인을 찾기 위해 CT 촬영을 하고, 신원 조회를 통해 형이 부산에 살고 있다는 사실을 확인했다. 병원 수녀의 말로는 형 집으로 전화를 하니 형수가 받는데, 형은 직장 나가고 없고, 시동생은 죽든지 말든지 알아서 하라며 전화를 뚝 끊었단다. 다시 전화를 걸어 환자 상태를 설명하고 우리 병원은 치료비는 걱정하지 않아도 되며, 응급 수술을 하는 데 수술 동의서에 서명만 해달라고 하자, 그제야 병원에는 오겠단다. 젊어서부터 애를 먹이더니 어쩌니 하면서….

CT 결과는 최악이었다. 직장암이 퍼져 골반에 전이된 상태여서 근치 수술은 불가능하고 복부에 인공항문을 내는 수밖에 없었다. K씨에게 물어보니 대변은 고사하고 방귀를 뀐 지도 보름쯤 되었다고 한다. 직장이 암으로 인해 완전히 막힌 것이었다. 환자는 수술실에 들어가 수술복으로 갈아입고 있는데 형수가 병원에 도착했다는 연락이 왔다.

형수는 말했다.

"우리는 삼촌이 죽든지 살든지 관심 없심더. 의사 선생이 알아서 해주이소."

어느 정도 예상은 했지만 이 정도일 줄은 몰랐다. 말 못할 사정이 있겠지 생각했다.

"일단 사람부터 살려야 안 되겠어요? 빨리 서명만이라도 해주이소."

그리고는 수술실로 직행했다. 수술용 브러시에 소독액을 듬뿍 묻혀 애꿎은 양 팔뚝과 손을 빡빡 무지른다. "세상이 와 이렇노." 궁시렁거리면서.

수술복을 입고 수술용 고무 장갑을 끼고 수술대 옆에 선다. 기도가 끝나고 메스를 집어 들고 피부 절개를 한다.

복막이 열리는 순간, 부풀어오른 창자가 와르르 쏟아진다. 도저히 도로 담아 넣을 수가 없다. 여기를 누르면 저기가 삐져나오고…. 골반 밑으로 손을 집어넣으니 어른 주먹 크기의 암 덩어리가 단단한 돌처럼 직장을 완전히 막아버렸다.

인공항문을 만들기 전에 똥으로 가득 찬 창자의 내용물을 빼내야 한다. 간호사에게 세척할 생리 식염수를 대량으로 준비시키고 소독된 세수 대야를 받친 후 대장에 절개를 가한다. '피~' 하는 소리와 함께 구린 방귀 냄새와 내려가지 못한 부패한 음식물이 똥이 되어 콸콸 쏟아져 나온다. 마스크 속의 코를 연신 킁킁거린다. 장이 막힌 지가 얼마나 오래 되었던지 약 20분 동안이나 창자 속의 변을 짜냈다. 그 다음엔 생리 식염수로 똥 범벅이 된 복강을 씻어내고 또 세척하고….

이젠 늘어난 창자가 제 기능을 하는지 확인하고, 세균의 독소로 장에 염증이 생겨 썩은 부위의 절제 여부를 결정해야 한다. 의심스러운 부분이 있었지만 다행히 절제하지 않아도 되겠다는 판단이 들었다. 다음은 원위부의 대장은 그냥 봉합하고 근위부의 대장을 좌하복부에 구멍을 내 인공항문을 만들어준다. 다시 생리식염수로 복강을 세척하고 출혈 여부를 확인한 뒤 드레인을 박고, 절개 부위를 꿰매어주는 것으로 수술은 끝났다. 환자는 마취에서 깨어 비몽사몽간에 수술 부위 통증을 호소한다.

K씨는 자기가 암이란 사실을 알았던 것 같았다. 여기 저기 매스컴에서 나온 이야기를 하는 걸로 봐서는 분명히 알았는데, 왜 나에게는 그 사실을 처음부터 말하지 않았을까?

추측컨대 대학 병원으로 가라고 하는 말을 듣는 게 두려웠던 것 같다. 암 수술 받을 형편이 못 되는 처지를 너무나 잘 알기 때문 아닐까? 경제적으로 어려운 사람들도 그런 상황인데 노숙자가 오죽하랴!

수술한 다음날 아침 회진 시간에 들르니, 그는 쑥 꺼진 배로 한쪽 다리를 꼬고 침대에 누워서 간호사 수녀에게 이렇게 말한다.

"수녀님! 이제 통증도 없어졌고 세상 돌아가는 것도 좀 알아야겠으니 TV 좀 켜주이소."

그 모습을 생각하면 지금도 웃음이 난다. K씨는 젊을 때 노래를 잘해 '딴따라' 생활을 했다고 들었다. 지금도 하늘나라에서 편하게 누워 노래를 흥얼거리고 있지 않을까 하는 생각이 들 때가 있다.

입원 한 달 후 퇴원하는 날이 되자 K씨는 고맙다며 다음에 또 오겠다는 인사를 하고 보따리를 들고 병원을 나섰다. 그러나 그는 3일 만에 다시 입원 좀 시켜달라며 외래를 찾았다. 아니나다를까, 인공항문에 붙인 비닐 주머니는 다 뜯어지고 휴지를 덧대어놓았다. 퇴원 전에 그렇게 교육을 시켰건만. 형님 집에 얹혀사는 것이 힘들고, 등도 당긴다면서 꼭 입원을 다시 시켜달란다.

이럴 땐 강공법이 최선이다. "내가 당신 똥 닦아주는 사람입니까?" 하고 소리부터 빽 질러놓고, 인공항문 주위 오염된 곳을 닦고 세척한 후, 임시로 인공항문 백을 달아 줬다. 그러고나니 인공항문 관리가 잘 되었다. K씨는 일주일에 한 번씩 외래에서 엠에스콘틴10 서방정(Morphine sulfate 경구제) 마약 진통제를 복용하며 그런대로 견뎌내고 있었다.

지난 여름 K씨는 경구 진통제로는 도저히 통증을 참을 수 없다며 형수와 함께 다시 병원에 왔다. 소변을 보기가 힘들고, 혈뇨가 있다고 하였다. 직장암이 방광까지 전이 되었나보다. 빈혈이 심하고 온몸은 부어 있었다. 수술 후 퇴원해서는 기초 생활 보호 대상자가 되어 매달 동사무소에서 20여 만 원의 생계비를 지원받는데도 계속 노숙자 생활을 했다고 한다. 형은 재래 시장에서 청소를 하고 형수는 정신분열증 치료를 받았던 터라, 인공항문을 달고 조카들과 한 방에서 생활하기가 어려웠을 터였다. 이제는 입원시켜 마지막을 편하게 맞을 수 있도록 호스피스를 해 주는 일만 남았다.

K씨는 45일 간 입원한 후, 고달픈 지상에서의 순례를 마치고 하늘나라로 떠났다. 떠나기 며칠 전, K씨는 말했다.

"과장님, 그동안 고마웠심더."

지난 10개월 동안 미운 정 고운 정이 많이 들었던 모양이다. 순간 눈물이 핑 돌았다. 형도 그가 편안하게 눈을 감았다며 고마움을 표했다. 그를 간병하던 형수는 정신분열증이 재발하여 입원했다고 전했다.

다음날 저녁 집으로 퇴근하는 길에 영안실에 들렀다. 영정 속의 K씨는 날 보며 물끄러미 웃음을 지어 보이고 있었다. 고개를 숙이며 속으로 말했다.

'K씨, 고함을 쳤던 나를 용서해주지 않을래요? 용서해주실 거죠?

가난한 이웃의 문제, 특히 '잠잘 곳이 없어 거리에서 자는 사람들의 문제'에 더욱 관심이 필요하리라. 마더 테레사의 말처럼, 가난한 사람들도 고귀하게 죽어갈 장소가 필요하지 않겠는가? 노숙자들의 몸에서 풍기는 고약한 냄새를 병원 수녀님들은 '가난의 향기'라고 말한다. '가난의 향기'를 '그리스도의 향기'로 여기며 하루하루 나에게 주어진 일을 하다가 하늘나라에서 K씨와 반가운 재회의 포옹을 하고 싶다.

(2004)

## 쪽방촌 엘레지

지난 해 알게 된 친구가 있다. 그는 개신교 전도사면서 사회 복지사다. 쪽방 상담소에서 팀장을 맡고 있다. 믿음을 현장에서 실천하는 친구다. 언젠가 그와 함께 자정 무렵에 부산역에 간 일이 있다. 종이 박스를 이불삼아 바닥에서 쪽잠을 자는 노숙자들이 안녕하신지 확인하는 것이었다. 그는 스스럼없이 그들에게 말을 걸었다.

이분은 어떤 분이고, 저분의 이름은 무엇이며, 또 다른 분은 쪽방 상담소에서 잘 아는 사람이며 조현병을 앓고 있다고 말했다. 그와 부산역을 둘러보고 온 날도 충격이었다. 같은 하늘 아래 사는데 우리가 너무 무관심했다는 자괴감이 들었다. 나에게는 그 친구가 예수처럼 보였다.

현대인들은 SNS를 통해 소통한다. 유월 이렛날이었다.

페이스북에 그 친구가 글을 올렸다.

　　부산 동구 수정2동 여인숙 사시던 쪽방 아저씨.
　　지난 주부터 부산의료원 중환자실에 계시다가 금일 새벽
1시경에 소천하셨습니다.
　　가시는 길에 하늘의 은총이 가득하시기를 기원드립니다.
　　박ㅇㅇ 어르신 잘 가세요.
　　당신의 삶을, 이름을, 민들레처럼 사신 그 길을, 그 방을
기억하겠습니다.

　박씨도 알콜 중독자였다. 사고가 났던 날도 박씨는 막
걸리를 마시고 다리에 힘이 없어 넘어졌는데 불행히도 머
리를 다쳤다. 사회사업실에서 긴급 의료 지원으로 300만
원까지는 진료 가능한데, 대학 병원에서 수술해도 가망이
없다고 30만 원어치만 치료하고, 부산의료원으로 환자를
전원시켰다고 들었다. 중환자실에서 며칠 머물다 끝내 의
식을 회복하지 못하고 눈을 감았다.
　대다수의 쪽방촌 사람들은 무력하게 절망하고 좌절하
다가 생을 마감한다. 자활이 중요한데 그게 말처럼 쉽지
않다. 언제나 예산 타령에 날이 새기 마련이다.
　부산 지역에는 쪽방 상담소가 두 군데 있다. 동구 쪽방
상담소와 진구 쪽방 상담소다. 쪽방 상담자들이 각각의
상담소에 500명씩 해서 천 명 가량 된다고 한다. 1평에서

1평 반 정도의 좁은 공간이지만 먹을 수 있고, 씻을 수 있고, 잠을 잘 수 있는 쪽방의 소중함을 아는 사람들이 노숙자들일 것이다. 쪽방은 노숙 직전의 보증금 없는 사글세방을 말한다. 부산에도 노숙인 시설 등록자가 500~600명이고, 현장 노숙인은 130여 명으로 추산한다. 노숙인 현장 센터에서 일하는 사회 복지사의 말에 따르면, 부산 전역에 노숙자들이 잠을 청하는 곳이 대략 스물 다섯 곳이라고 한다.

쪽방촌은 나에게 요셉의원과 같은 말이다. 서울 영등포역 부근 행려자, 노숙자, 알콜 중독자, 미등록 이주 노동자와 같이 의료 혜택을 받을 수 없거나, 우리 사회에서 소외되고 버림받은 사람들을 무료로 치료해주던 병원이 바로 요셉의원이었다. 고 선우경식(요셉) 원장님과 영등포 쪽방촌을 둘러봤던 일이 언제나 기억나기 때문이다.

외과 추계학술대회에 참석하러 서울에 갔다가 요셉의원에 들른 적이 있다. 선생님은 나에게 요셉의원을 구석구석 소개해주시고 주변의 쪽방 이야기를 해주셨다. 현대식 거대한 영등포 역사와 이웃한 초라한 쪽방의 비대칭성에 묘한 기분이 들기도 했다. 알코올 중독자가 많아서 선생님께서 일본에서 배워 오셨다는 단주 동맹의 모임도 인상적이었다.

"최선생님, 서울에 오시면 언제든지 요셉의원으로 오세요. 잠자리가 많아요."

다정하게 말씀해주시던 목소리가 귀에 쟁쟁하다. 나의 숙소를 물으면서 했던 말이다. 검소함이 몸에 배인 선생님이셨다. 지금은 선생님 진료실에서 찍은 사진 한 장만 추억으로 남아 있다.

이듬해에 선생님이 부산에 오셨다. 마침 부산 사하구 장림동에 행려자들을 위한 시설인 '마리아 구호소' 개소식에 참석차 오셨다. 행사를 마친 뒤 내가 일하고 있던 무료 병원인 마리아수녀회 구호병원에 갔다. 병원을 쭉 둘러보고는 이런 병원이 좀 더 많이 생기면 우리나라는 의료 천국이 될 것이라는 말씀을 하셨다.

나는 첫 번째 저서 《단팥빵》에 이렇게 적었다. "의료의 공공성, 교회에서 운영하는 병원의 대형화 문제, 쪽방 동네 사람들의 이야기 들을 선생님과 나누면서 나는 가난하고 소외된 이웃들에 대한 체화된 사랑을 알 수 있었다. 정말 선생님은 사랑을 피부로 느끼게 해주셨던 분이었다. 사랑을 주는 것만으로는 부족하고 사랑을 느끼게 해주어야만 진정한 사랑의 실천이라고 하지 않는가."

요셉의원을 돕는 잡지인 〈착한 이웃〉에서 본 성 클레멘스 마리아 호프바우어(1751~1820)에 관한 일화 한 토막이 기억에 떠오른다.

성인은 날이면 날마다 가난하고 병든 사람들을 위해 구걸을 하고 다녔다. 어느 날 한 식당에서 모자를 들고 이 식탁 저 식탁을 돌면서 돈을 구걸하고 있었다. 그때 마침 교회가 하는 일이라면 쌍수를 들어 반대하고 교회를 증오하며 사는 한 남자 앞에 서게 되었다. 여느 때와 마찬가지로 그는 남자에게도 한푼의 돈을 청하였다. 그러자 그 남자는 "감히 나한테 와서 구걸을 하다니!" 하고 고함을 지르며 그의 얼굴에 침을 뱉었다.

그러나 그는 이 모욕에도 굴하지 않고 침착하게 손수건을 꺼내 얼굴을 닦고는 다시 겸손한 미소를 지으며 말했다. "자, 이건 저에게 주신 선물이고, 이제 가난한 사람들을 위해 제발 조금 보태주십시오." 그러고는 다시 모자를 내밀었다. 그러한 그의 태도에 놀란 그 남자는 자기가 가진 돈을 모두 꺼내 모자 속에 넣었다고 한다.

쪽방 박씨 아저씨의 부고를 듣고, 마산에서 볼일을 마치고 밤에 부산의료원으로 갔다. 빈소도 없었고 영안실에 계셨다. 그 친구의 말로는 이런 경우는 바로 화장을 한다고 했다. 문제가 생겼다. 사망 진단서에 외인사로 적힌 것이 발목을 잡았다. 우여곡절 끝에 경찰에서 사인을 규명하여 결국 돌아가신 지 여드레 만에 영락공원에서 구청이 정한 장례 업체에서 화장을 했다.

그 친구에게서 유골함을 든 사진과 함께 문자가 왔다.

"방금 직접 납골하고 복귀했습니다."

순간 눈물이 왈칵 쏟아졌다. '이런 선한 사마리아인이 있을까? 네가 있어서 먼 길 떠나는 박씨 아저씨도 외롭지 않았을 거야.' 마음속으로 생각했다.

"고생했다. 고맙대이~" 답신 문자를 보냈다.

영락공원 1동 2실 3400호. 한 줌의 재가 되어 그가 누운 곳이다. 지난 주일에 영락공원을 찾았다. 사진 한 장 없이 납골당 가장 높은 곳에 박ㅇㅇ 이름 석 자만 적혀 있었다. 사진이라도 붙어 있었더라면 좋았을 것을.

인간에 대한 예의를 묵상한다.

(2016)

# 길바닥에서 자는 사람들

지인들과 심야 아웃리치를 다녀왔다. 아웃리치(outreach)의 사전적 정의는 나가서 닿는다, 즉 찾아가는 봉사 활동을 일컫는다. 지역 주민에 대한 기관의 적극적인 봉사, 원조, 지원 활동이다. 부산 지역의 노숙인 복지 활동을 하는 부산희망등대 종합지원센터 활동가들과 함께했다. 저녁 열 시부터 새벽까지 활동하는 팀과 저녁 7시부터 열 시 반까지 활동하는 팀이 있는데, 나는 후자의 팀에 합류해 봉고차에 탑승해서 부산진역, 초량역 지하도, 부산역 대합실과 초량 지하 차도, 그리고 마지막으로 영도 길가에서 잠을 자는 홈리스들을 찾았다.

매주 금요일 밤에 아웃리치를 나간다. 부산 지역의 홈리스 인원은 140명 전후라고 한다. 햇반과 옷, 운동화, 손

난로를 전해주고 보온병을 가져가서 온수로 차도 한 잔씩 타드리고 이야기도 나누었다. 조현병에 걸려 노숙하시는 분, 성소수자라서 부모님께 피해가 될까 거리로 나섰다는 박아무개 청년 등 다들 사연이 소설책으로 한 권은 될 터이다. 홈리스의 손을 잡고 대화하는 활동가들의 모습은 나를 놀라게 했다. 노숙인의 낡고 헤진 장갑을 보자, 그 자리에서 자신의 장갑을 벗어 손에 껴드리는 활동가도 보였다.

부산 동구 쪽방 상담소 도우미들과 쪽방촌 부산역을 돌아보았다. 먼저 여인숙에 기거하는 쪽방촌 아저씨들에게 준비해 간 떡과 차를 나누고 부산역에 집결했다. 쪽방촌 사람들과 홈리스들의 대부이신 장씨 어르신과 한 조가 되어 대합실을 여러 번 돌았다. 부산역 대합실 2층과 3층에서 노숙을 하는 60여 명의 홈리스들과 만남의 시간을 가졌다. 떡과 라면을 나누고, 보온병 4개로 쌍화차와 커피를 타 드렸다.

역 대합실 2층에서 에스컬레이터를 타고 3층 바닥에서 잠을 청하는 홈리스들에게 떡과 라면을 돌리고 내려가려 할 때, 저쪽 구석에서 한 분이 우리에게 걸어와 말을 건넸다.

"저기 안에도 다섯 명이 있어요. 왜 저희는 안 주고 갔어요? 저 눈물 났어요."

승강기에 가려 어두워 미처 보지 못했나보다. 가슴이

울컥했다.

"아이고, 죄송합니다."

가서 보니 다섯 분이 아니다. 그 구석 계단 아래에도 누워 있는 분까지 모두 일곱 분이었다. 누워 있어도 잠을 자는 것이 아니라 눈만 감고 있는 것이다.

우리의 미션은 자정을 40분 넘긴 시간에 끝났다. 기차를 기다리던 많은 승객들이 우리의 활동을 보고도 말이 없고, 멀뚱멀뚱 쳐다보며 강 건너 불구경 하듯 한다. 무관심이 체화되었다고 할까. 자정이 넘었으니 크리스마스 이브다. 성당과 교회에서는 오늘밤 성탄 전야 미사와 예배로 아기 예수 오심을 축하하고 경배를 드릴 것이다. 성탄절은 가난하게 태어나고 가난하게 살다가 가난하게 죽은 예수가 말구유에서 첫울음을 운 것을 기념하는 날이다. 가난한 홈리스로 오시는 예수를 만난 행복한 밤이었다.

사람들은 왜 가난한 이를 마음속으로는 동정하면서도 선뜻 다가가지 못하는 걸까. 베르톨트 브레히트는 '서 푼짜리 오페라' 라는 시에서 이렇게 노래했다. "어떤 사람은 어둠 속에 있는 반면 다른 사람들은 빛 속에 있다. 그리고 빛 속에 있는 사람들은 볼 수 있지만, 어둠 속에 있는 사람은 볼 수 없다." 우리가 어둠 속에 있는 사람들을 볼 수가 없는 것은 '가난한 사람이 먼저 삶이라는 큰 빵에서 자신들의 조각을 자르는 것은 가능할 것' 이기 때문인지도 모른다. 가만히 보면, 우리는 가난을 두려워하고 있다. 또한 가난한 사람을 만나기를 두려워하고 있다. 왜 그럴까? 물질로부터 자유로워지는 것이 두렵기 때문에? 편리한 삶을 지탱시켜주는 어떤 것들에 사슬처럼 매여 의존하는 것에서 벗어나는 것이 두려워서? '가난한 사람들을 위한 우선적 선택'이나 '정의를 실천하는 믿음'을 위해 용기를 내자.

빅토르 위고는 "당신들은 구호를 받는 가난한 자들을 원하지만, 나는 가난이 없어지기를 원한다."고 말했다. 쪽방, 비닐하우스, 고시원, 여인숙, 노숙인 자활, 재활, 요양 시설 거주자 등 최저 주거 기준에 미달되고 열악한 환경에서 생활하는 이웃들에게 잠자리 눈물만큼이라도 사랑을 나누자. "당신은 가장 보잘것없는 이를 사랑하는 것만큼 하느님을 사랑한다."고 도로시 데이는 썼다.

(2017)

## 형제복지원, 정부가 위탁한 부랑인 아우슈비츠

부산형제복지원사건을 아는가.

이 사건의 발단은 1975년에 만들어진 내무부 훈령 제410호(부랑인의 신고, 단속, 수용, 보호와 귀향 및 사후 관리에 관한 사무 처리 지침)에서 비롯되었다. 이로서 '부랑인 임시 수용'의 법적 근거가 마련되었고, 1986년 아시안게임과 1988년 서울올림픽을 앞두고 정부의 대대적인 부랑인 단속이 시작되었다.

훈령에 따르면, 일정한 주거 없이 관광업소, 접객업소, 역, 버스 정류장 등 사람이 많이 모이거나 통행하는 곳, 주택가를 배회하거나 좌정하여 구걸 또는 물품 강매로 통행인을 괴롭히는 걸인, 껌팔이, 앵벌이들 모두가 부랑인으로 간주되었다.

1975년부터 1987년까지 12년 간 국가의 '위탁' 으로 운영된 '사회 복지 시설' 인 형제복지원 사건은 당시 엄청난 사회적 파장을 일으켰다. 형제복지원 사건은 부산직할시 북구 주례동 산 18번지 일대에 있던 국내 최대 부랑인 수용 시설에 대해 1987년에 김용원 검사가 수사를 하면서 언론 매체에 보도되기 시작했고, 직원의 구타로 원생 1명이 숨지고 35명의 원생들이 탈출을 감행하면서 세상에 그 참상이 널리 알려지게 된다.

　　그러나 어처구니없게도 김 검사의 수사를 부산 시장, 검찰 지휘부와 정부가 방해를 한다. 알다시피 박인근 원장에 대한 특수 감금죄는 대법원에서 세 차례나 파기 환송되면서 무죄로 확정되었고, 징역 2년 6월로 확정 종결되었다. '부랑인 청소' 를 법령으로 지시한 '국가' 는 아예 처벌받지 않았다. 동시대에 있었던 이런 지옥에 대해 아무도 책임을 지지 않았다.

　　2012년 5월, 피해 생존자 한종선이 국회 앞에서 1인 시위를 하면서 이 사건이 세상에 알려지기 시작했고, 2015년 4월에는 피해 생존자 11명이 삭발식과 함께 '형제복지원 특별법' 제정을 요구하는 노숙 농성을 국회 앞에서 12월까지 진행하였다. 그러나 국회의원 54명이 발의한 【내무부 훈령에 의한 형제복지원 강제 수용 등 피해 사건의 진상 및 국가 책임 규명 등에 관한 법률안】은 끝내 19대 국회에서 통과되지 못했고 여전히 계류 중이다. 20대에도 계류되었나?

3000명도 넘는 수용 규모로 해마다 20억 원 이상 국고 지원을 받아왔던 형제복지원은 납치, 감금, 강제 노역, 폭행 등 온갖 인권 유린을 자행했다. 이로 인해 513명이 숨졌다.(동아일보, 1987. 2. 2.) 한국판 아우슈비츠라고 해도 과언이 아니다. 1987년에야 형제복지원은 문을 닫았지만, 피해 생존자들은 여전히 고통의 기억 속에 갇혀 산다.

YMCA 강당에서 가진 형제복지원 피해 생존자 구술 기록집인 《숫자가 된 사람들》 출판 기념회에 간 일이 있다. 피해 증언을 듣는 도중 나는 탄식을 내뱉었고 분노하고 치를 떨었다. 우리나라는 아직도 야만의 시대를 벗어나지 못했다. 지금까지 누구도 그들의 억울한 사연을 들어주지 않았고, 국가 폭력의 피해를 지금도 몸으로 오롯이 기억하고 있는 고통을 위무하지 못했다는 부끄러움을 느꼈다. 형제복지원 피해 생존자들 중에서 몇몇은 나를 형, 오빠라 부르며 인연을 이어가고 있다.

피해 생존자들은 진상 규명을 위한 특별법이 통과되지 못한 것에 무척 아쉬워한다. 수용 생활의 기억들 때문에 밤에 불을 켜놓고 자거나 불면증으로 술을 마셔야만 겨우 잠이 든다. 형제복지원 원장이었던 박인근 이름 석 자만 들어도 불안해하거나 살의를 느끼기도 한다. 집에서 아내가 찬송가를 피아노로 치자, 형제복지원에서 많이 불렀던 곡이라며 몸을 부르르 떨며 몸서리치기도 했다. 뒤죽박죽이 되어버린 그들의 삶에 회의를 느껴 자살을 시도하기도 했다. 지옥도와 같았던 수용 생활을 이야기하며 목놓아 울기도 한다.

나는 주차장에서 주차 요원으로 알바를 하고 있는 피해 생존자인 K를 참 좋아한다. 어두운 암흑의 세상에서 벗어나 참으로 성실히 살아가는 모습이 너무 마음에 드는 동생이다. 부전역 앞에 살았던 K는 1981년 열 살에 부랑아로 취급받고 형과 같이 형제복지원에 세 번이나 강제 수용되었다. 엄연히 아버지는 배를 타시고, 어머니와 같이 살고 있었는데도 말이다. 나는 K에게 고통스럽겠지만 외상 후 스트레스 증후군에서 벗어나기 위해 겪었던 일들을 대학 노트에 조금씩 기록해보라고 권했다. 일부지만 페이스북에 올린 K의 강제 수용 경험담을 살짝 들여다보자.

"악몽 같은 생각들을 내 뇌리에서 꺼내는 것조차 싫지만 이제는 다 이야기할 수 있어요. 형제복지원은 사람이 살아갈 수 없는 곳입니다. 잠자는 시간만 기다립니다. 눈을 뜨면 오늘은 조용히 편하게 넘어갈 수 있을까, 두려운 생각만 하죠. 조장, 서무, 소대장들한테 얼차려나 매질을 당합니다. 자기들도 부랑인이라는 명목으로 잡혀왔으면서도 완장을 찼다고 소대원(일반사람)들을 괴롭히고 기합을 줍니다.

인물이 귀여우면 밤에 자기 옆에 자라고 하면서 강제 추행을 일삼습니다. 남자가 남자끼리 하는 것(동성연애)

을 강제로 하고 그럽니다. 소대원은 맞지 않으려면 몸을 줄 수밖에 없죠. 안 맞고 편하게 살아남으려면 말이죠.

밥은 꽁보리밥으로 냄새가 나고, 반찬은 지랄 같아요. 김치는 소금에 담갔다가 뺀 거구요. 전어 젓은 냄새가 장난이 아니어서 먹지도 못합니다. 오후 세 시쯤에 빵을 하나씩 주는데 빵에다가 소다를 얼마나 많이 넣었는지 빵이 아니라 소다빵이라고 하는 게 맞습니다. 그래도 배가 고프니 먹을 수밖에 없어요.

차라리 교도소가 나을 것입니다. 지옥과 같았던 형제복지원. 난 공부도 하고 싶었고, 학교 친구들도 사귀고 싶었습니다. 난 고아 아닌 고아로 잡혀간 사람입니다. 강제로 잡혀가서 배우지 못한 것을 누구에게 하소연해야 하나요?'

가장 안타까운 일은 한창 때 학교에서 친구들과 어울리고 배우지 못한 것에 대한 한스러움이다. 총기 있고 영리했던 K는 서울 '소년의집' 에서 공부를 했고, 돈 보스코 직업학교에서 기술을 배우다가 형의 꼬드김으로 도망을 쳤다. 그 뒤 소년원을 전전하며 나락으로 떨어졌다. 두 딸의 어머니인 또 다른 피해 생존자는 언젠가 내게 말했다.

"오빠, 오빠. 난 지금도 있잖아? 교복을 입고 있잖아? 학교에 단 하루라도 좋으니 다니고 싶어!'

이 말을 하고는 내 앞에서 대성통곡을 했다. 난 그저 그녀의 피맺힌 말을 들어주는 것밖에 달리 할 수 있는 게 없었다.

지금까지도 천억 대의 자산을 가지고 호의호식하는 박인근 일가와 형제복지원을 국가는 무엇 때문에 살려주었는지 알려달라고 피해 생존자들은 절규한다. 우리가 바라는 것은 단지 최소한 우리가 왜 그 형제복지원에 들어가 있어야 했는지 그 이유를 알고 싶어한다. 단지 가난해서? 단지 몸이 불편해서? 단지 나이가 어리고 길을 잃어버린 아이라서? 도대체 왜 우리가 무엇 때문에 형제복지원에 갇혀야 했던 것일까? 그들은 국가에게 묻는다.

피해 생존자들의 기억 속 형제복지원은 '형제' 도 '복지' 도 없는 지옥 그 자체였으며, 국가가 '위탁' 이라는 형식으로 만든 '아우슈비츠' 였다는 형제복지원 대책위 집행위원장 조영선 변호사의 말은 곱씹어볼 만하다.

우리가 조금만 관심을 기울인다면, 검색창에 '형제복지원' 다섯 글자만 쳐도 사건의 진실에 다가갈 수 있다. 뉴스, 게시판, 블로그, 카카오스토리, 카페, 트위터, 이미지, 동영상이 즐비하게 나온다. 그래서 우리의 양심을 두드리게 되면, 그들에게 한 줌 햇살 같은 손을 내밀 수 있을 것이다. 이런 연대가 그들이 절실하게 바라는 진상 규명과 특별법 제정을 이루어내는 디딤돌이 될 것이다. 피해 생존자들과 만나면서 내가 해줄 수 있는 것은 그저 그들의 말을 들어주는 것이었다. 우리 모두 '들어주는 사람들' 이 되면 어떨까.

(2016)

연아야 조금만 참아라, 빨리 수술해줄게




"누군지 아시겠어요, 부장님?"

청바지에 모자가 달린 분홍 점퍼를 입고 머리를 두 갈래로 땋은 아이의 손을 잡고 수녀가 진료실에 들어서며 말했다.

"글쎄요. 잘 모르겠는데요, 수녀님."

"연아(가명)예요."

그래도 내가 밀뚱해하자,

"배에 수술한 자국을 보면 알 거예요. 꼭 한 번 보여주고 싶어서 데리고 왔어요."

우상복부 피부 절개로 봐서는 비후성유문협착증 수술을 한 흔적이었다. 기억을 더듬어보았다. 강보에 싸인 채 엄마 수녀 품에 안겨 울었던 연아였다. 피부가 하얗고 조금 길쭉하게 생긴 얼굴을 보니 바로 그 연아다.

"아, 예. 예쁘게 잘 컸네!"

입가에 절로 웃음꽃이 핀다.

이렇게 연아를 다시 만났다. 수술과 마취를 무사히 견디내고 울어주던 연아가 얼마나 고맙던지 기억이 새롭다. '연아야, 레치얌~' 하고 난 속으로 외쳤다.

유대인들은 "레치얌" 하고 외치며 건배를 한다고 들었다. 히브리말로 '삶을 위하여' 라는 뜻이다. 행복하고 아름다운 삶뿐만 아니라 어렵고 힘들고 때론 부당하다고 느껴지는 삶일지라도, 삶은 여전히 거룩하고 서로 축복해야 한다는 의미가 담겨 있다.

전혀 기대하지 않았던 한 통의 전화, 가벼운 포옹, 귀 기울여 들어주는 것, 따스한 미소나 눈인사 같은 단순하고 일상적인 행동이 우리의 삶에 활력을 불어넣기도 한다. 떨어진 귀걸이를 찾아주거나 장갑을 집어주는 행동들이 타인에 대한 신뢰와 사랑을 되찾아줄 수도 있다. 이렇듯 우리는 작은 행동으로 커다란 메시지를 전달하기도 하고 서로의 삶을 축복하기도 한다.

연아를 처음 만난 것은 '두 집 살림' 을 하고 있을 때였다. 마리아수녀회에서 운영하는 구호병원을 떠나 후배와 함께 달동네에서 개업을 하고 있었다. 구호병원은 8년 동안 외과 과장으로 '소년의집' 아이들과 함께했던 병원이었다. 무료 자선 병원이라 봉급이 박하여 현실 문제로 고민하다 동업을 택했다. 병원을 떠나면서 일주일에 이틀은 구호병원에서 외과 진료와 수술을 하겠다고 병원장 수녀님과 약속했었다. 병원에서는 따로 외과 과장을 구하지 않았고, 나는 매주 화요일 오후와 금요일 오전에는 구호병원으로 갔다. 이런 나를 두고 누구는 '두 집 살림'이 얼마나 힘든 줄 아느냐며 그만두라고 농담삼아 말하기도 했다. 그러나 수녀님과 한 약속을 꼭 지키고 싶었다.

평소처럼 금요일 아침에 병원에 들렀다. 강보에 싼 아기를 수녀님이 데려왔다. 5킬로그램의 당당한 몸무게로 첫울음을 울었던 미혼모의 아기였다. 생후 5주째부터 입과 코로 심하게 토한다고 했다. 처음 만났을 때 연아의 나이는 두 달이었다. 초음파 검사에서 비후성유문협착증이 의심된다는 소견이 나와 있었다. 더 이상 미룰 필요가 없었다. 연아는 배가 고파 연신 울고 있었다. '빨리 수술해줄게. 조금만 참아라, 연아야.'

비후성유문협착증은 위의 가장 끝부분 즉, 십이지장으로 넘어가기 직전의 부위를 유문이라고 하는데, 이 부분의 근육이 두꺼워져 생기는 질환이다. 유문부 근육이 살이 쪄서 음식이 통과하는 길을 막게 된다. 생후 3주경부터 아기가 먹고 나면 왈칵 투하는데, 입과 콧구멍 양쪽으로 사출성 구토(흔히 말하는 분수토)를 하게 된다. 아기가 토한 젖은 녹색의 담즙이 섞이지 않은 흰색이다. 아기는 먹은 것을 대부분 토했기 때문에 공복으로 인해 다시 먹으려고 한다. 처음에는 하루에 몇 번 토하다가 나중에는 먹을 때마다 토하게 되며, 체중이 줄고, 대변 양도 줄어 변비가 되고 소변 양도 줄어든다. 가장 중요한 진단법은 환아의 증상과 함께 오른쪽 갈비뼈 아래에 연골 같은 딱딱한 지름 2~3cm 크기의 도토리 모양의 덩어리를 촉진하는 것이지만, 연아는 만져지지 않았다. 확진을 위해 복부초음파로 두꺼워진 유문 근육을 발견하거나 가늘게 좁아진 유문부를 확인하면 된다.

다음날 9시에 구호병원으로 갔다. 연아는 코에 튜브를 꼽고, 가느다란 팔에 링거액 주사를 단 채로 배가 고픈지 마냥 울고 있었다. 아기들이 울 경우 열에 아홉은 배가 고파서다. 울어 보채는 아기들에게 젖병을 입에 대어주면 뚝 그치고, 거의 필사적으로 숨도 쉬지 않고 젖병을 빠는 모습에서 알 수 있다. 그럴 땐 살기 위해 먹는 것이 아니라 먹기 위해 사는 것 같기도 하다. 수술대 위에 올라간 연아가 계속 울고 있어 수술실 담당 수녀가 안아주었다. 손을 씻기 전이라 카메라를 들이대니까 울다가 울음을 멈추고 생긋 웃는다. 마취과 선생이 들어올 때까지 사진을 찍으며 달랬다. 마취 주사가 들어가자 연아는 스르르 잠 속으로 빠져들었다. 수술용 솔로 팔꿈치까지 씻으면서 수술이 잘되게 해달라고 속으로 빌었다.

신생아나 유아들을 수술할 경우 수술 시야가 좁게 마련이다. 개복을 하니 늘어난 위가 자꾸 방해가 되었다. 신생아들은 체온을 빼앗기기 쉽기 때문에 최대한 수술 시간을 단축해야 한다. 새끼손가락 첫마디만 한 쓸개가 빙긋 웃고 있는 듯이 보이지만 두꺼워진 유문부는 잘 보이지 않았다. 마음은 급하고, 신경이 곤두섰다. 조금 큰 견인기로 당기고 나니 두꺼워진 유문부가 보였다. 이제는 유문부를 끄집어내어 절개할 차례다. 너무 길게 하면 십이지장에 구멍이 나기 쉽고, 너무 짧게 절개하면 수술 후 토하게 된다. 적당하게 절개를 가한 뒤 유문부 점막이 천공(穿孔)되지 않게 두꺼워진 근육을 벌렸다. 그러면 마치 고무풍선을 손으로 누를 때처럼 점막이 부풀어올라 음식 내려가는 길이 넓어지게 되는 것이다. 유문절개술이라는 수술이다. 출혈이 없음을 확인하고는 절개한 복부를 재빨리 꿰맸다. 마취에서 깨어나자 연아는 또 운다. 이번에는 배가 고파서라기보다 수술 부위가 아파서 우는 것일 게다. 무사히 수술과 마취를 건뎌내고 울어주는 연아가 고마울 따름이었다.

"내일부터는 설탕물을 3시간 간격으로 15cc 정도는 먹을 수 있을 거야. 울지 마, 연아야."

날마다 구호병원에 갈 수 없어 연아의 상태를 전화로 확인했다. 수술 다음날 조금 토했다고 했다. 그럴 수도 있다. 대개 수술 뒤에는 토할 수 있기 때문이다. 우유를 먹이고, 차츰 양을 늘려갔다. 더 이상 토하지 않고 오줌도 잘 누고 똥도 쌌단다. 외과 의사는 수술한 환자가 방귀를 뀌거나 똥을 누었다는 소리를 듣는 게 가장 반가운 법이다. 늘 느끼는 거지만 행복이라는 게 뭐 별건가. 잘 먹고 잘 싸는 것 아닐까?

쉬는 날이지만 토요일 오전에 구호병원으로 가는 발걸음은 한결 가벼웠다. 드디어 연아가 실밥을 풀고 퇴원하는 날이기 때문이다. 살이 쪘으면 얼마나 쪘겠냐마는 연아의 뺨을 보니 살이 오른 것 같기도 하다. 수술한 부위의 상처는 잘 아물었다. 아이들의 상처는 참 잘 아문다. 그만큼 재생력이 뛰어나고, 내부에 무한한 발전 가능성을 가지고 있기 때문일 것이다. 포대기에 싸여 보모와 함께 계단을 내려오던 연아가 간호사실 앞에 있는 나에게 왔다.

"연아야, 잘 먹고 다시는 토하지 말고 잘 자라라."

나는 어린 연아에게 축복의 말을 해주었다.

"연아야, 레치얌~."

내 기억 속의 아가 연아가 엄마 수녀의 사랑을 듬뿍 먹고 건강하고 예쁘게 자라 오늘 이렇게 다시 만난 것이다. 사진을 찍어줄 때 손가락으로 브이를 만들며 웃던 연아. 사탕을 쥐어주니까 진료실 문을 나가며 돌아서서 "선생님, 안녕히 계세요"라며 또박또박 말한다. 연아를 다시 만난 건 또 하나의 삶의 축복이다. 살다보면 뜻밖에 반가운 일을 만날 때가 있다. 우리는 이런 관계와 관계 속에서 서로 힘을 얻고 살아간다.

(2006)

## 이윤보다 사람이 먼저인 사회는 꿈일 뿐인가

　내과 과장이 가슴 엑스레이 사진을 들고 진찰실로 들어왔다. "기흉 환자인데 대학 병원으로 보낼까요? 최과장이 튜브(chest tube)를 박아줄래요? 환자는 사는 형편이 많이 어려운 것 같은데…."라며 말꼬리를 흐린다. 기흉은 글자대로 가슴에 공기가 차는 병이다. 정확히 말하면 정상이라면 공기가 없는 공간인 흉막강(pleural cavity)에 공기가 차게 되는 병이다.

　사람의 가슴은 둥근 원통처럼 생겼는데 피부와 그 밑에 세 층의 근육과 갈비뼈가 있고, 이 통 속에 폐, 심장 등의 기관이 있다. 이 통 안쪽은 방이 벽지로 도배가 되어 있듯이 벽측 흉막(벽측 늑막)이라는 얇은 막으로 덮여 있고, 그 안쪽에 있는 폐는 포장지로 싼 상자처럼 장측 흉막

(장측 늑막)으로 싸여 있다. 우리가 흔히 늑막염에 걸렸다고 할 때 이곳에 염증이 생겨 폐에 물이나 고름이 차는 것을 말한다. 이 흉막 사이가 흉막강인데, 폐포 벽이 터져 새어나온 공기가 여기로 들어가게 되면 폐를 누르게 되고 시간이 지남에 따라 몹시 괴로운 호흡 곤란을 느끼게 된다.

기흉이 생기면 숨이 차므로 안정을 취하는 것이 좋고 대개는 입원해서 치료를 받게 된다. 흉막강에 공기가 조금 차면 그대로 두어도 공기가 흡수되기도 하고, 주사 바늘을 넣어 공기를 빼내거나 튜브를 흉막강에 넣어 공기를 빼낸다. 일반적으로 흉관을 박아 공기를 빼내며 보통은 흉관을 삽입하는 것만으로 입원하여 치료하면 회복될 수 있다. 그러나 이러한 비수술적 치료만으로는 1차, 2차, 3차 재발률이 50%, 60%, 80%로 높아 결국 수술을 해야 하는 경우도 많다. 치료가 끝나 퇴원 수속 중에 재발하는 환자도 있고, 한 달, 일 년 후에 재발할 수도 있다. 그래서 기흉이 재발하였을 때는 수술하는 것이 원칙이다.

그런데 문제는 다음과 같은 경우다. 처음 기흉이 발생했다고 해도 끊임없이 흉관을 통해 공기 누출이 있거나, 공기로 인해 압박된 폐가 팽창이 안 될 때, 양쪽 폐에 동시에 생겼을 때, 또 흉부 엑스선 사진에서 큰 폐기포가 보일 때, 그리고 직업적으로나 지역적으로 병원 이용이 쉽지 않을 때 등은 수술을 하는 것이 좋다. 이런 경우는 가슴을 열고 수술을 하든지 요즘 발달한 복강경 수술처럼 흉강경 수술을 하면 흉터도 작고 터진 폐포를 마치 스테이플러처럼 쿡 찍으면 수술이 끝이다. 흉부외과 의사가 수술을 하여 치료한다. 인턴 시절에 흉부외과 선생님에게 튜브를 박는 시술을 배웠고, 외과 수련 과정에도 포함된 기술이므로 모든 외과 의사들은 튜브를 잘 박는다. 위와 같이 수술이 필요한 경우에 흉부외과가 없는 구호병원에서는 환자를 다시 대학 병원이나 흉부외과가 있는 종합 병원으로 환자를, 튜브를 꽂은 채로 이송해야 하는 일이 생긴다.

환자와 보호자인 그의 아내에게 사진을 보여주며 위의 내용을 설명하고 난 뒤 말했다.

"흉부외과가 있는 병원으로 모시고 가서서 수술을 받으시는 것이 좋겠습니다."

"선생님, 저희는 돈이 없어예."

아내가 흐느껴 운다. 참 난감하다. 돈이 없어서 못 간다는데 어찌하겠는가? 순간 내 마음이 흔들린다.

"그러면 제가 튜브를 박아드리지요. 입원하입시다."

수술을 해야 하는 상황이 되면 대학 병원으로 가기로 한다는 단서를 달았다. 내가 전천후 공격수도 아니고 참 안타깝다. 우리나라의 의료 체계가 이 정도밖에 안 되나 싶은 게 화가 나기도 한다. 아니 아픈 사람이 그것도 호흡 곤란으로 가슴 통증을 느낄 정도의 응급 환자는 돈이 있건 없건 먼저 치료부터 받아야 하는 것이 마땅한 일이지

않은가 말이다. 오죽했으면 물어 물어 구호병원까지 찾아
와 도와달라며 눈물을 흘릴까?

우리가 의료 기관을 이용할 때 제일 먼저 들르는 곳과
마지막으로 들르는 곳이 수납 창구라는 사실에서 보더라
도 우리나라 의료기관의 가장 중요한 문제점은 역시 의료
기관의 이윤 추구 경향이다.

며칠 전에 왼쪽 귀 밑에 메추리 알만 한 혹이 있어 진료
의뢰서를 끊어달라고 온 아주머니가 있었다. 혹이 생긴
지는 2년쯤 되었고, 통증도 없다고 했다. 손으로 만져보니
딱딱하지도 않고 약간 부드러웠다. 혹의 중앙 부분에 살
짝 들어간 배꼽 같은 것이 있어 피지낭종이라는 양성 피
부 혹으로 쉽게 진단을 내릴 수 있었다. 환자는 대학 병원
에 입원 예약까지 하였고, 의사로부터 귀 밑에는 안면 신
경이 나오는 부위이고 해서 조직 검사도 하고 전신 마취
를 해서 수술을 하고 나흘 정도 성형외과에 입원을 해야
한다는 말을 들었다고 했다. 1차 의료 기관에서 진료 의뢰
서를 끊어 2차 의료 기관인 구호병원에 왔고, 내가 진료
의뢰서를 끊어주면 그것을 들고 대학병원에 가서 수술을
받을 참이었다. 의료 전달 체계는 꼭 필요한 것이다. 그러
나 이것은 아니다. 정부나 의료계나 국민(환자) 모두가 반
성해야 할 문제다.

나는 환자에게 피지낭종에 대해 설명하였다. 입원도
필요 없고, 국소 마취로 혹을 떼어내고 며칠 통원 치료를

하다가 일주일 뒤에 실을 뽑으면 치료가 끝난다고 했더니, "그럼 선생님이 수술해주이소." 한다. 소수술실로 가서 20분 정도 걸려 수술을 했다. 역시 피지낭종이었다. 이런 블랙 코미디 같은 일이 벌어지고 있는 것이 의료 현장의 모습이다. 이윤 때문이다. 돈벌이에 의료 윤리고 양심이고 없는 슬픈 자화상이다.

이발소를 하며 단란한 가정을 꾸려왔던 기흉 환자는 이발소 운영이 어려워 폐업하고 어렵게 살아왔다. 입원 당시에 측정한 혈당치는 500mg/㎗가 넘은 것으로 보아 당뇨 치료마저 제대로 못하고 하루하루를 살아낸 모양이다. 튜브를 박았지만 결국 쪼그라진 폐가 충분히 팽창되지 않아서 구호병원에 20일이 넘게 입원해 있다가 튜브를 단채 대학 병원으로 갈 수밖에 없었다. 그것도 환자 아내에게 내가 "땡빚을 내어서라도 남편 목숨을 살려야 하지 않겠느냐?"는 권유를 듣고 보름이나 지나서야 겨우 돈을 어떻게 마련한 듯하였다. 수술 후 치료비가 많이 들면, 다시 구호병원에서 나머지 치료를 해주겠다는 약속을 하고 환자를 이송시키는 내 마음은 씁쓸했다. 다행히 당뇨는 조절이 되었다.

인간적인 의료를 받을 수 있는 지름길은 병원의 공공성 학보가 먼서일 것이다. 이윤 추구보다는 사람이 우선인 사회는 정말 꿈일 뿐인가?

(2006)

## '욕봤다'는 한 말씀

구호병원에 일주일에 두 번 가서 수술도 하면서 손을 풀고 있기는 하지만 좁은 진료실에 앉아 환자 진료와 처방전만 쓰다 보니 외과 의사로서 손이 굳어지는 것은 어쩔 수 없나보다. 푸른 수술복을 입고 수술 모자와 마스크를 쓰고 수술용 장갑을 끼고 손에는 메스를 드는 생활을 15년 하다가 지금은 드물게 메스를 잡다보면 낯설 때가 있다.

올 여름은 유난히 덥다. 외과 의사로서 여름 휴가를 떠난다는 게 영 내키지 않았다. 나흘 전 응급 수술을 한 환자 때문이다. 휴가를 나흘 앞둔 날 아침 구호병원 엘리사벳 수녀님에게 전화가 왔다. 마침 쉬는 날이라 느긋한 아침 시간을 침대에서 이리 뒹굴 저리 뒹굴 하던 참이었다.

"과장님(구호병원을 그만두었는데도 여전히 과장으로 부른다), 위장 출혈 환자인데 K의료원 응급실에서 수술을 해야 한다는데 형편이 어려워 자퇴했나봐요. 환자의 아내가 죽어도 좋으니까 수술이라도 한 번 해보고 죽었으면 한다는데 어떻게 할까요?"

수녀 이야기는 대충 이러했다. K씨는 술을 즐겨 마셨다. 이른바 알코올 중독 환자다. 간경화가 있는 데다 이 병원 저 병원을 옮겨 다니며 알코올성 췌장염으로 입원을 자주 했다고 한다. 췌장염에서 오는 통증은 엄청 아프다. 마약성 진통제로도 통증을 다스리기가 쉽지 않다. 가난한 K씨는 돈 없이도 치료받을 수 있는 구호병원에 입원을 하곤 했다. 일주일 전 입원을 한 그날 저녁 갑자기 피를 토하기 시작하면서 혈압이 잡히지 않을 정도가 되어 서둘러 가까이에 있는 K의료원 응급실에 구급차를 타고 갔다. 응급 내시경 검사에서 십이지장 궤양 출혈이라는 진단을 받았고, 끊임없이 피가 흐르는 십이지장 궤양 부위를 클립으로 집어 지혈시키는 시술을 했으나 실패했다. 그 사이에 혈압을 유지하기 위해 들어간 혈액 팩이 10개가 넘었다. 그래서 내과에서 수술을 위해 외과로 넘겼다. 당장 수술을 해야 목숨을 살릴 수 있는 응급 상황이었다.

순간 머릿속에 이런저런 생각들이 스쳐지나간다. 간경화에다 췌장염에 십이지장 궤양 출혈이라면 손을 써봐야 결과는 불을 보듯 뻔하다. 더구나 가족들과 약속한 여름 휴가가 코앞이다. 수술은 한다고 해도 수술 뒤에 환자 상태를 장담할 수도 없고, 어쩌면 휴가를 포기해야 할지도 모른다.

"과장님, 응급실에서 피만 맞고 집에 갔다가 밤새 피를 두 번 토하고, 짜장면 같은 시커먼 피똥을 계속 보나봐요. K의료원에서도 수술하지 않으면 이틀 안에 죽는다고 그랬답니다. 돈이 없어 그렇다는데... 어떻게 해요?"

엘리사벳 수녀는 내 대답을 다그친다. 어떻게 해야 하느냐고. 어떻게 하다니. 내 처지가 참 곤란하다. 수술을 하지 않으면 환자가 죽는다는 것이 눈에 보이는데 말이다. 사실은 중환자실도 없는 조그만 구호병원에서 그것도 외과 의사도 없는 병원에서 그런 중환자를 수술하는 것은 모험일 수도 있다. 수술 뒤에 환자 상태가 어떻게 바뀔지 알 수도 없는 노릇이고, 또 그 뒷감당은 오롯이 내가 맡아야 될 몫으로 떨어진다. 차갑게 거절하면 몸은 편할지 모르겠으나 마음이 편하지 않을 것이다. 더구나 사람 목숨이 달린 문제가 아닌가.

"수녀님, 먼저 환자 아내에게 K의료원에서 그동안 치료한 소견서와 검사 결과지를 가져오라 하시고, 환자가 병원에 오면 다시 연락주세요."

"과장님, 그러면 환자 보호자에게 그렇게 말합니다."

전화를 끊고 나자 걱정이 밀려들었다. 십이지장 궤양 출혈이니까 피나는 십이지장과 아래쪽 위를 반은 잘라내야 한다. 환자는 간경화가 있으니까 피가 잘 멎지도 않을 것이다. 피와 혈소판과 신선 냉동 혈장도 마련해야 할 것이다. 췌장염으로 췌장이 부어 있고 십이지장궤양 부위가 염증으로 인해 부어 있으면 벗겨 떼어내고 잘라내는 데만도 애를 먹을 것이다. 아직 환자 상태가 어떤지 눈으로 확인을 못했으니 모든 게 궁금했다. 우유부단하게 거절을 못한 성격을 탓할 수밖에 없다. 오전 내내 연락이 오기를 기다렸다.

오후 1시쯤 구호병원으로 걸어갔다. 집에서 걸으면 5분 거리다. 내리쬐는 여름 땡볕으로 그 짧은 거리를 걷는데 속옷이 땀으로 젖어든다. 50대 후반인 K씨는 생각보다 중한 상태였다. 몸에 핏기라곤 찾을 수 없고 온몸이 퉁퉁 부어 있었다. 눈동자도 부어올라 금방이라도 물이 떨어질 듯했다. 혈압을 유지하기 위해 응급실에서 피와 수액이 너무 많이 들어갔나보다. 흉막에 물이 조금 차 있었고, 혈압은 낮았지만 다행스럽게도 의식은 또렷했다. 프리랜서 마취 선생에게 연락하니 오후 4시에 마취를 할 수 있다는 답이 왔다. 혈액원에 피도 준비하고, 수액도 달고, 오줌줄도 꼽고, 코에는 관을 넣는 처방을 내렸다. 수술 위험성을 환자 아내에게 설명하고 수술 서약서를 받고 있는데 간호사가 다가온다.

"과장님, 몸이 너무 부어서 혈관을 잡을 수가 없는데요."

그럴 만도 하다. 아까 손가락으로 눌러본 환자 정강이 피부는 푹 들어간 채로 올라오지 않고 마치 손도장을 찍은 듯했다. "서브클라비안 준비해 주세요." Subclavian Catheterization의 줄임말이다. 쇄골하 정맥 천자라는 시술이다. 환자에게 급하게 많은 양의 수액을 넣어야 할 상황에는 말초 혈관으로는 한계가 있기 때문에 바로 심장으로 들어가기 직전인 쇄골하 정맥에다 굵은 바늘을 꼽는 것을 말한다. 쇄골 1cm 아래 부분에 바늘을 찌르는데 눈에 보이지 않아 잘못하면 폐를 찔러 공기가 새어 뜻하지 않게 기흉을 만들 수도 있다. 열에 한 명 정도는 하고 싶어도 해부학적으로 하기 힘든 경우도 있다. 그동안 수도 없이 해왔던 시술이지만, 구호병원을 그만둔 뒤로는 한 번도 해보지 않았다. 다행히도 한 번만 찔러 실수 없이 혈관을 잡을 수 있었다. 이제 혈액원에서 피가 오면 펌프질을 해서라도 짜 넣어야 할 판이다. 흉부 사진으로 카테터가 제대로 자리잡고 있는지 확인한다. 이제는 마취 선생님을 기다리는 일만 남았다.

K씨 아내는 어디서 본 기억이 있다. 내가 다니는 성당 교우다. 그는 환자 상태에 대한 설명과 어떤 수술을 할 것인지, 수술에 따른 합병증은 어떤 것이 있는지 알려주는 내게 고개를 주억거린다.

"죽어도 원이 없어예. 수술을 받게 해주셔서 고맙습니데이."

그는 밥보다 술을 더 많이 마셨는데 4개월 전부터는 술을 끊었다고 했다. 남편의 성격이 불 같아 자기 말을 듣지 않는다며 그동안 일어났던 일을 자세하게 말해주었다. 췌장염으로 진통제 주사를 많이 맞고, 진통 소염제를 많이 먹다보니 십이지장 궤양이 더 심해진 것 같다고 했다. 진통 소염제는 소화성 궤양을 일으키는 주범 가운데 하나다. 인간으로서 할 수 있는 최선을 다하고 결과는 하늘에 맡기자고 말하고, 남편을 위해 수술 중에 기도를 부탁하고는 주인 없는 마취과장 방으로 들어갔다. 수술복으로 갈아입는데 창 밖에서 매미가 귀가 따갑도록 줄기차게 울어대고 있다.

마취 선생님이 왔다.

"더운데 수고 많으시죠?"

"환자 상태가 생각보다 중하네요."

"예, 간경화에다 혈소판 수치가 낮아서 걱정이에요."

"피는 몇 개나 준비되어 있습니까?"

"열 개 준비하고 혈소판과 신선 냉동 혈장도 준비했습니다."

"그럼, 마취를 먼저 하겠습니다."

손을 소독하러 소독대 앞에 서서 솔로 팔꿈치 위까지 문지른다. 조그만 창 사이로 마취하는 모습이 비친다. 속으로 수술이 잘 되기를 빌었다. 그렇게 내 손에는 메스가 들려지고 수술이 시작되었다.

역시 예상과 다르지 않았다. 췌장은 부어 있었고, 십이지장 궤양이 오래되었는지 주위에 유착이 심했다. 간 표면을 만져보니 우툴두툴하다. 간경화도 꽤 진행되어 있었다. 유착된 십이지장 주위를 조금씩 벗겨나가는데, 순간 피식 하고 공기가 나온다. 십이지장이 구멍이 난 것이다. 아마도 전에 십이지장 천공이 있었다가 주위 조직이 들러붙어 자연스럽게 막아 복막염으로 진행되지 않았던 것 같았다. 췌장 쪽에 단단한 나무처럼 엉겨붙은 십이지장을 떼어내기가 난감하다. 다시 배를 닫고 싶은 생각이 굴뚝같았지만, 이제는 이러지도 저러지도 못하는 상황에 부닥친 것이다. 후회한들 무슨 소용이 있으랴. 두 시간이면 충분히 끝날 반위절제술이 네 시간이나 걸렸다. 우여곡절 끝에 수술이 끝났다. 수술실 시계를 보니 저녁 8시를 가리키고 있다. 에어컨이 있어 시원한 수술실이지만 내 수술복은 흥건했다.

사람들은 수술이 잘되었다고 하면 그것으로 끝인 줄 안다. 그러나 외과 의사에게는 수술 뒤 환자 상태를 돌보는 것이 더 힘들다. K씨의 경우는 중환자실에서 집중 치료를 받아야 할 환자다. 집중 치료가 되는 종합 병원이나 대학 병원 중환자실에 누워 있어야 할 환자가 중환자실도 없는 조그만 구호병원에서 수술을 받아야만 하는 현실에 짜증을 넘어 한숨이 나온다. K씨가 그런 좋은 시설에서 최상의 진료를 받을 수 있는 날은 언제쯤 오려는지.

그 많은 수혈과 알부민 주사와 채혈 속에서 K씨는 잘 버텼다. 나도 남부민의원에서 일이 끝나면 구호병원으로 저녁마다 출근 아닌 출근을 했고, 간호사들도 중환자를 돌보느라 애를 썼다. 작은창자 큰창자 할 것 없이 피로 그득 차 있어서인지 가스가 나오지는 않았지만 더 이상의 출혈은 없어 조금은 안심할 수 있을 즈음에 여름 휴가를 떠나게 되었다. 자칫 문제가 생기면 전화로 연락하기로 하고, 산부인과 과장님께 환자를 부탁했다. 그렇게 2박 3일로 짧아진 휴가를 떠났다.

휴가 마지막 날은 최종수 신부가 있는 전주에 들러 한옥 마을을 구경하고 요리를 잘하는 최신부가 손수 만들어준 냉면을 먹고 있을 때 구호병원 수선생에게 전화가 왔다.

"수선생님? 예. 전주입니다. K씨 정신이 오락가락 한다구요? 오늘이 수술 후 6일째지요? 방귀는 나왔습니까? 혈압과 맥박은요? 오늘 검사 결과는 어때요? 시간당 오줌 양은요? 열은 안 납니까? NG 튜브는 얼마나 나왔어요? 헤모백(Hemovac)으로는요? 수술한다고 여러 날 금식을 해놓으니까 알코올 금단 증상일 수도 있겠네요. 숨을 천천히 깊이 들이쉬고 기침을 자꾸 시켜 가래를 뱉으라고 하세요. 오줌 양이 적으면 급성신부전증에 빠질 수 있으니까 시간당 오줌이 30cc에 못 미치면 이뇨제를 5mg씩 주사하세요. 또 문제가 있으면 다시 연락주세요. 오늘 밤 늦게라도 부산에 닿으면 바로 구호병원으로 갈게요. 수고하세요."

짧은 휴가 동안 K씨가 잘 견뎌준 것에 감사한다. 쇄골하정맥에 넣은 카테터도 빼고, 실밥도 뽑고, 옆구리 박은 헤모백도 제거하고, 코에 넣은 NG 튜브도 빼고 물, 미음, 죽, 밥을 차례로 먹을 수 있었다. 췌장염으로 도중에 다시 금식을 하기는 했지만 결국 걸어서 퇴원을 했다. 화요일 오전 근무를 하고 오후에 구호병원 가는 날이다. K씨는 벌써 환자복을 벗고 사복으로 갈아입고서 병실 복도를 서성이고 있었다. 퇴원 처방과 함께 퇴원 약을 처방했다.

"다시는 술 마시지 마시고요. 불 같은 성격 좀 누그러뜨리시고요. 밥은 조금씩 꼭꼭 씹어 자주 먹으세요. 그동안 고생하셨어요."

"아이고 원장님. 내 다시는 안 그럽니다. 약속합니다. 은혜는 잊지 않겠습니다. 성당은 꼭 다시 다니겠습니다."

집으로 돌아오는 내 손에는 K씨의 아내가 고마운 뜻으로 건네준 롤케이크가 들려 있었다.

"이거 웬 빵이고?" 아버지가 물으신다.

"수술한 환자가 퇴원하면서 고맙다고 준 겁니다."

"욕봤다."

'욕봤다'는 한 말씀이 나에게는 큰 힘이 된다. 앞으로도 K씨 같은 경우라도 난 거절하지 못하고 구호병원에서 수술복을 입고 장갑을 낀 채 손에는 수술용 칼을 들고 있을 것이다.

(2006)

## 음독 환자에 대한 차별

일요일에도 진료하는 나에게 수요일은 쉬는 날이다. 모처럼 늦잠에 빠져 있을 때, 귀 밑에서 '투우사의 노래'가 어렴풋이 들려온다. 내 구닥다리 손전화에서 나는 귀에 익은 음악이다.

"여보세요?"

"아, 최 선생. P씨 때문에 수술실에서 전화합니다."

잠이 확 깼다. 복음병원 외과에 계시는 이교수다. 내가 실습 학생일 때 외과의 국장이었고, 뒤늦게 복학하여 공부하던 내게 많은 도움을 주셨던 분이다. 가끔 퇴근길에 병원 앞에서 마주치면 함께 돼지국밥도 먹곤 한다.

"유착이 심해서 전에 브라운(소장과 소장을 측면에서 연결하는 수술)을 했는지 궁금해서 전화합니다."

"교수님, 브라운은 안 했습니다. 그런데 스텐트(좁아진 부위를 넓혀주는 기구) 넣는 것이 잘못됐습니까?"

"응, 식도 협착이 너무 심해서 식도가 파열될 것 같아 개복과 개흉 수술을 하려고 지금 수술실에서 전화하는 겁니다."

"교수님, 수고하이소."

전화를 끊으며, 긴 시간 동안 수술이 무사히 마칠 수 있도록 잠시 두 손을 모았다.

내가 P씨를 만난 것은 이태 전이다. 깡마른 얼굴에 핏기라고는 찾아볼 수 없는 몰골을 하고 구호병원으로 왔다. 남편과의 트러블로 락스와 같은 욕조 세척제를 마셨던 것이다. 자세한 내막은 잘 모르지만, 스스로 목숨을 끊기 위해 '뚫어뻥'을 마신 것이다. 락스에 들어 있는 성분 중에 차아염소산나트륨은 강알칼리이다. 양잿물과 같다. 강산이나 강알칼리를 마시면 식도가 부식된다. 이러한 제제는 단백질을 녹이는 성질이 있기 때문이다. 그 결과로 식도가 점점 좁아져서 결국은 음식을 삼킬 수가 없게 되어 목숨을 건진다 하더라도 몸무게가 급속히 줄어들게 된다.

P씨는 그동안 목숨을 살리기 위해 자신과 두 아이가 살던 집도 팔고, 친정 식구들도 달세방으로 이사하면서 살림을 줄여 병원 치료비를 마련했다고 한다. 대학 병원

에서 치료하면서 목숨을 건졌지만, 더 이상의 치료비를 감당할 길이 없어 구호병원으로 왔던 것이다. 치료비로 일억 원 이상 들었다고 한다. 음독 자살 시도는 의료 보험 혜택을 받을 수 없기 때문이다. 뭔가 잘못되지 않았나 싶다. 이유야 어떻든 환자의 생명은 살려야 하고, 또 가족은 무슨 죄가 있단 말인가. 가족 구성원 중 한 사람이 한 순간의 판단을 잘못했다고 하여 가족들이 함께 고통을 받아야 하는가 말이다. 보험 급여가 될 수 있도록 해야 한다. 이는 국가의 의무다. 이에 대한 사회적 논의와 합의가 이루어졌으면 좋겠다.

이교수의 전화를 받고 일어나 소파에 앉으니 인턴 시절 응급실에서 음독으로 만났던 많은 환자들이 스쳐지나간다. 자살은 어리석은 행위다. 자살 방법 중 가장 많은 것이 음독이다. 그냥 눈 한 번 찔끔 하면 되기에 그런 것일까? 음독의 종류는 수없이 많다. 제초제, 살충제, 그라목손, 휘발유, 락스, 퐁퐁, 청산가리, 메탄올, 다량의 수면제 등등 흔히 음독하는 농약에는 파라치온이나 말라치온 계열의 유기인계 농약이 있다. 이런 살충제는 팜(FAM)이라는 해독제가 있어 대개 회복이 된다.

언젠가 재래시장에 갔다가 한 아주머니를 만난 적이 있다. 먼저 인사를 하길래, 누군가 했는데 목에 스카프를 두른 것을 보고 생각이 났다. 그 아주머니는 유기인계 농약를 마시고 응급실로 들어왔었다. 지독한 농약 냄새로

유기인계 농약을 마신 것을 알 수 있었다. 응급실에는 높은 벽에 큰 플라스틱 물통이 매달려 있다. 음독 환자가 들어오면 먼저 해야 할 일이 위세척이다. 환자를 응급실 침대에 눕히고, 입을 열게 하는 개구기를 사용하여 강제로 입을 벌리게 하고는 굵은 위세척용 튜브를 위 속에 집어넣고 물통과 연결시킨다. 물이 기도로 넘어가지 않게 주의하면서 크르륵 하는 소리가 나면 잠그고, 다시 물통의 물을 집어넣는 것을 반복한다. 찬물을 적어도 5L 이상 세척하기 때문에 환자는 추위로 덜덜 떨게 마련이다. 지금도 그 물통이 사람을 살렸다고 생각하니 신통방통한 느낌이 든다.

중환자실로 옮겨진 아주머니는 호흡이 곤란하여 기관 절개술을 했다. 인공호흡기에 의지하다가 결국 목숨을 건졌고 퇴원을 했다. 기관 절개술의 흉터가 목 한가운데에 있어 스카프를 둘렀던 것이다. 대개 의식이 돌아온 환자들은 "왜 나를 살렸어요?" 하면서 눈물을 흘리며 화를 내기도 한다. 자신의 뜻을 이루지 못하게 만든 의사가 미울 것이다. 그러나 어쩌랴. 그 일이 의사가 하는 일이니 말이다. "잘 지내시죠?" 하고 인사말을 건네자, 웃으며 "선생님 덕분에 살았어요." 한다. 의사로서 보람을 느끼는 순간이다.

공업용 메탄올을 마신 환자는 빨리 응급 처치를 안하면 눈이 멀게 된다. 이 경우에는 해독제가 알코올이다. 한 번은 메탄올을 마신 환자가 왔다. 음독의 경우에는 보호자에게 마신 병을 가지고 오게 한다. 그래야 무엇을 마셨는지 정확한 정보를 의사가 알 수 있기 때문이다. 그 아저씨는 술인 줄 알고 잘못 마신 경우였다. 보호자에게 가게에 가서 소주 두 병을 사오라고 했다. 코에 삽입된 레빈 튜브를 통하여 소주 두 병을 붓고 있는 모습을 상상하면 우스꽝스럽게 느껴질 때가 있다. 술 좋아하는 환자에게 치료를 한답시고 소주를 들이붓고 있으니 말이다.

음독을 포함해서 약물 중독에 대한 기본적 응급 처치를 흔히 ABC라고 한다. 기도(Airway)가 토물 등에 의해 막혀 있지 않은가를 확인하고 옆으로 눕히거나, 혼수 상태인 경우는 기관에 튜브를 삽관한다. 호흡(Breathing) 상태를 관찰하고 동맥혈 가스 분석으로 환자가 호흡을 적절히 하고 있는지 확인하고, 호흡 부전이 의심되면 보조 호흡기를 사용하고 100% 산소를 투여한다. 심혈관계 순환(Circulation)이 적절한지 알기 위해 혈압, 맥박, 소변량, 말초 혈액 순환을 확인하고 정맥 수액로를 확보하여 생리식염수 용액을 투여한다. 저혈당이 있는 경우에는 포도당을 주사하는데, 뇌세포가 파괴되는 것을 막고, 저혈당에 의한 혼수인지 약물 중독 자체에 의한 혼수인지 감별하는 데 도움이 되기 때문이다.

한 번은 A약물을 마신 환자를 보았다. A약물은 강력한 맹독성 제초제다. 나뭇잎에 떨어뜨리면 염산처럼 나뭇잎을 녹여내고, 피부에 조금이라도 튄다면 며칠 안에 허옇게 말라붙고 염증이 생기며 피부가 헌다. 이 제초제를 사람이 마시게 되면, 폐 세포를 섬유화시켜 폐를 굳어버리게 만든다. 그래서 100이면 100 다 죽는 무서운 제초제다. 우리가 구할 수 있는 독극물 중에서 가장 치명적이다. 인공호흡기를 달고 서서히 고통 속에 죽게 만드는 과정을 옆에서 지켜보는 것은 의사로서도 고통이 아닐 수 없다. 달리 해줄 방법이 없기 때문에 무력감을 느끼게 되고, 입원할 경우 가족에게 100% 사망한다고 반드시 말해야 한다. 숨을 쉬어야 어떻게 해볼 것 아닌가?

P씨는 행려 환자들을 돌보는 마리아구호소에 입소하여 보호 1종 의료 급여를 받았다. 식도와 위가 손상되었다. 복음병원 이교수와 상의하여 우선 공장이라는 작은창자 부위에 암죽을 투여하기 위한 튜브를 넣는 수술을 하기로 했다. 약물 중독을 의학적 용어로 DI(drug ingestion)라 한다. 강산이나 강알칼리에 의한 식도 협착인 경우에는 목숨을 건진다 하더라도 나중에 식도암이 발생할 수 있기 때문에 식도를 잘라내고 큰창자를 끌어올려 식도를 만들어주는 수술을 해야 한다. 차츰 식도의 붓기가 빠지고 우유를 삼킬 수 있게 되자, 38kg이었던 몸무게가 조금씩 늘기 시작했고, P씨는 자활 프로그램으로 다시 일도 할 수 있게 되었다.

그렇게 시간이 흘렀다. 어느 날 구호병원에 들렀더니

P씨가 입원해 있었다. 살이 다시 빠진 상태로 물도 내려가지 않는다고 했다. 근본적 수술을 해야 할 상황이었다. 그런데 치료비가 만만치 않았다. 보호자라고는 친정어머니 한 분인데, 수녀님 이야기로는 정말 땡전 한 푼 나올 구석이 없다고 했다. 어떡하면 좋겠냐는 것이다. 식도 조영술을 해보니 하부 식도는 거의 막혀 있는 상태였다. 우선 식도에 풍선을 넣어 늘이거나 스텐트를 삽입하는 방법을 시도해보고, 그래도 안 되면 근본적 수술을 해야만 한다고 말할 수밖에 없는 상황이었다. 복부와 가슴을 동시에 열어야 하는 대수술이라 복음병원 이교수에게 수술을 받고 어느 정도 호전이 되면 구호병원에서 내가 돌보겠다고 부탁해놓은 터였다.

최근 우리 사회에 자살자가 참 많다. 자신에게 주어진 삶의 무게를 견디지 못하거나, 시간이 지나도 나아질 희망이 없거나, 눈을 감고 잠이 들면 잊고 눈을 뜨면 또다시 고통이 몰려오면 사람들은 진지하게 죽음을 생각하게 되지 않을까? 그러나 약물 중독처럼 이성적인 판단이 잠시 마비된 상태에서 감정이 앞서 순간적으로 불행한 선택을 하는 경우도 많다. 감정이나 정서에 관련된 부분에서는 주어진 삶을 제대로 받아들이고 살아가기기 침으로 어렵다. 사람의 감정은 켜면 불이 환하게 들어오고 끄면 캄캄해지는 극과 극의 전원 스위치처럼 보인다. 화나 슬픔을 제대로 조절하고 통제하지 못한다는 것은 사랑이나 기쁨에 대해서도 받아들임과 표현함이 어렵다는 것을 의미하리라.

P씨는 무려 10시간이 넘는 수술을 무사히 견디고 상처가 아직 다 아물지 않았지만 퇴원하여 구호병원에 입원해 있다. 경제적 이유에서다. 구호병원에서는 무료로 치료를 받을 수 있기 때문이다. 며칠 전 구호병원에 갔더니 살이 오른 P씨를 볼 수 있었다. 몸무게는 43kg이었다. 음독하기 전의 몸무게가 52kg이었으니 아직 야윈 상태이지만 차츰 본래 모습을 찾을 수 있을 것이다. 그동안 세 번의 수술을 했다. 한두 번도 아니고 한 환자의 배 속을 세 번이나 보았으니 인연도 보통 인연이 아니다. 사실 정도 많이 들었다. 지금은 죽을 먹고 있다. 소량씩 자주 먹어야 한다. 하루빨리 회복하여 자활의 길로 들어서길 바라는 마음이다. 2년 동안 고통을 견디는 P씨의 모습을 옆에서 지켜본 나로서는 더욱 그렇다. 먹을 수 있다는 것은 큰 축복이다.

주어진 삶을 제대로 잘 산다는 것은 뭘까? 개인적 성공이나 명성이 그것을 보증해주는 것은 아닐 것이다. P씨를 위해 애쓴 마리아수녀회 식구들의 간절한 기도와 보살핌이 없었더라면 어떻게 되었을까? 생각만 해도 끔찍하다. 삶이 자신의 손가락 사이로 빠져나가버렸다고 느껴진다 하더라도 희망의 끈을 놓치 말 일이다. 제대로 살아간다는 것은 참으로 어려운 일이다. 하지만 사노라면 언젠가는 좋은 날도 오지 않겠는가. 더불어 사는 게 제대로 사는 것일까.

(2006)

## 진료실에서 바라본 바깥 풍경

요즘은 환자들이 줄어들어 모처럼 쉬는 시간으로 생각하고 있다. 개업을 하고 있는 친구들에게 전화를 하면 한숨만 푹푹 쉬고 있다. 건강 보험 환자와 의료 급여(의료 보호) 환자를 차별하여 인권 침해 요소가 있는 의료 정책 때문인지도 모른다. 노인들은 여러 가지 만성 질환으로 고통을 받고 있다. 허리도 아프고, 무릎도 쑤시고, 어지럽고, 귀에서 소리가 울리고, 잇몸도 아프고…. 건강 보험 환자들은 파스 처방을 하면 보험 혜택을 받는데, 의료 급여 환자들은 파스 처방의 경우 보험 혜택을 받지 못하게 되었다. 파스 처방전을 발급해도 약국에 가면 본인 부담금 100%로 파스를 사야 하기 때문이다. 또 정액제에서 정률제로 바뀌어 없이 사는 환자들의 한숨만 커져간다. 길

건너편에 강아지와 함께 앉아 계신 할머니들이 한가로워 보인다. 이 할머니들은 하루가 멀다 하고 물리 치료를 받으시던 분들인데 요즘은 병원에 띄엄띄엄 오신다.

최근에는 의료 급여 환자들에게 사이버 머니를 달마다 6,000원을 주고 이를 초과할 경우에는 본인 부담금을 내야 하는 의료 정책이 시행되고 있다. 한 달에 네 번만 병원을 다녀가면 사이버 머니는 동이 난다. 그러다 보니 의료 급여 환자분들이 병원에 오는 횟수가 줄어들 수밖에 없다. 없는 살림에, 몇 백 원도 아쉬운 형편에 아파도 그저 끙끙 앓는 수밖에 없는 것이다. 그래서 요즘 환자들이 많이 줄었다. 환자가 뜸한 틈이 많아져서인지 자주 진료실 바깥 풍경에 눈길이 간다. 폐지를 수거해 가시는 할아버지가 오늘따라 힘겨워 보인다.

내가 개업한 남부민의원은 상당히 높은 지대에 있다. 부산항과 영도가 한눈에 내려다보이는 곳이다. 여름철에는 하얗게 피어오르는 바다안개가 아름답다. 산복도로를 따라 버스, 택시, 자가용, 소형 트럭, 오토바이가 많이 지나다닌다. 녹차를 한 잔 들고 창문 너머 비치는 부산항의 모습과 달동네 사람들의 오고가는 모습을 보는 재미도 솔솔하다. 어떤 아저씨가 걸어오는데 길바닥을 두리번거리며 걸어온다. 그러다 허리를 굽혀 담배꽁초를 줍더니 불을 붙여 몇 모금 빨고는 필터만 남은 꽁초를 길에다 버리고는 또 두리번거리며 걸어간다.

맞은편 길에는 너댓 명의 할머니들과 손녀가 앉아 도란도란 이야기를 나누고 있다. 더운 날씨에 방에 있기가 힘들어서인지, 아니면 말동무가 없어서인지 모르겠다. 다행히 이곳은 고지대라 바람 하나만큼은 시원하다. 겨울철에는 바람이 드세어 볼이 얼얼하기도 하다. 이 더운 날에 없이 사는 사람들이 시원한 바람이라도 없으면 얼마나 가슴이 답답할까.

해물칼국수로 점심을 때우고 진료실을 벗어났다. 30여 분 정도 여유 시간이 있다. 진료실에 들어앉아 운동이 부족하기 마련인 나에게 이 시간은 산동네를 돌아다닐 수 있는 귀중한 자투리 시간이다. 오후 진료를 위해 돌아오는 길에 1층 약국 앞에 할머니 다섯 분이 아이스크림을 먹고 계신다. 마치 아이들이 아이스크림이 아까워 혀로 살살 핥아 먹듯이 먹고 계신다. 이렇게라도 더위를 견뎌야겠지.

석간 신문이 배달될 즈음에는 아니나 다를까 까까머리를 한 K씨가 신문을 가득 담은 까만 가방을 매고 맞은편 약국에 신문을 배달하는 모습이 보인다. K씨는 말을 하지 못한다. 종종 진료를 받으러 오면 나는 쪽지와 볼펜을 건넨다. 그러면 K씨는 '감기. 콧물' '설사. 하루분' 이렇게 적어준다. 언제나 약은 하루치다. 여러 날 처방을 하면 약값이 비싸서 그런지도 모르겠다. 그의 손을 보면 늘 부어 있고 손가락 끝은 늘 갈라져 있다. 일용할 양식을 위해 그가 흘리는 땀의 농도가 너무 짙어 보인다.

　저녁 시간이라 배도 출출할 즈음에 내다본 풍경은 이 삿짐을 옮기는 사다리차였다. 하늘은 금방이라도 비를 쏟 아낼 듯 잔뜩 흐렸다. 사다리로 장롱이 올라간다. 달동네 에 새로운 보금자리를 마련했나보다. 넓지 않은 집일지라 도 그 집에서 바라보는 부산항의 모습은 아름답겠지. 가 난하지만 행복이 넘치는 보금자리가 되었으면 좋겠습니 다. 아무리 생존권보다 재산권이 먼저인 사회에 살고 있 지만, 깨진 보시기에 갓 담은 김장 김치를 담 넘어 나누던 어린 시절의 훈훈한 인심이 살아나는 동네가 되면 좋겠 다.

(2006)

## 군고구마를 먹으며

며칠 전 진료실에 노부부가 들어왔다. 어디서 본 듯한 얼굴이다.

"어떻게 오셨어요?"

"기억 안 나세요? 재작년 봄에 구호병원에서 탈장 수술을 원장님이 해주었지 않습니까?"

"아, 그러세요. 그런데 오늘은⋯."

"반대쪽에 또 달걀만 한 게 튀어나오고 커지면 주먹만 해지기도 합니다."

진찰을 해보니 왼쪽 서혜부에는 수술 흔적이 남아 있고, 오른쪽에는 탈장이 볼록하게 눈으로도 확인이 된다. 최근 서너 달 계속 그렇게 튀어나와 불편하신 모양이었다.

"원장님이 수술해주이소."

수술은 해야겠는데, 연세도 일흔이 훨씬 넘으셨고, 마취에 따르는 문제 등이 먼저 떠오른다.

할아버지는 감천 바닷가에서 평생을 고기를 잡으면서 생활하셨다. 손가락 피부가 갈라져 반창고로 동여맨 할아버지의 손을 보면 그동안 바닷바람을 맞으며 고기 잡으러 나간 고단한 삶이 생각나서 수술은 해드려야겠다. 가난의 멍에가 무거워서 나를 찾아왔을 것이다. 굳이 구호병원에서 수술을 해달라고 하시는 것을 보면 말이다.

"예, 할아버지 수술해드릴게요. 화요일 오전에 구호병원에 가서서 입원 수속을 하세요. 제가 수녀님에게 전화를 걸어놓을 테니까요. 아침 식사는 가볍게 하시고 오셔도 됩니다. 전신 마취나 척추 마취를 하지 않고 국소 마취로 탈장 수술을 할 생각이니까요."

사실 탈장 수술은 마취 의사가 전신 마취나 척추 마취를 하면 외과 의사는 수술하기가 편하다. 그렇지만 국소 마취로 수술을 하려는 이유는 두 가지다. 마취의 위험성을 줄일 수 있고, 구호병원에서 마취 의사를 부르는 데 수고비로 적잖은 비용이 들어가기 때문이다. 구호병원을 그만두기 전에 국소 마취로 탈장 수술을 가끔 했는데 생각보다 수술 시야도 좋고 별 어려움 없이 환자의 협조로 탈장 교정 수술을 하곤 했다.

오후 1시 오전 근무를 마치고, 구호병원에 버스를 타고 갔다. 가슴에 혹이 생긴 할머니, 발가락에 티눈이 생긴 할아버지가 먼저 와계셨다. 페루에서 온 환자는 목에 임파선이 붓고 열이 나 입원해 있었는데, 결핵성 임파선염이 의심된다고 했다. 한국에 시집온 누이동생을 만나러 왔다가 병이 나 모 종합 병원에 입원했더니 의료비를 감당하기 어려워(당연히 의료 보험이 안 되는 일반이다.) 구호병원으로 옮겨 입원 중이었다.

수술 전 검사 결과에 특별한 이상은 없었다. 할아버지는 수술대에 누웠다. 할머니는 수술실 앞에서 잘 부탁드린다고 인사를 한다. 수술실에 들어오면 언제나 마음이 편안하다. 모든 수술이 그렇지만 매번 최선을 다해야 한다. 환자의 몸에 침습적인 행위를 하기 때문에 그러한 행위는 최소한 줄일 수 있으면 줄여야 한다. 게다가 오늘 수술은 국소 마취로 하므로 환자의 의식이 있고 수술 기구를 다루는 소리도 들을 수가 있어서 최대한 조심해야 한다. 불안감을 주지 않기 위해서.

"할아버지, 불안하시면 진정제 주사를 놓아드릴까요?" 하자 할아버지는 괜찮다고 하신다.

탈장(脫腸)은 인체 장기나 조직이 비정상적인 열공(opening)이나 취약부를 통해 그 본래의 위치에서 이탈한 상태를 말한다. 일반적으로 복벽에 생긴 탈장을 뜻한다.

기록상으로 탈장은 약 3,500년 전 이집트의 파피루스에 그 기록이 남아 있으며, 탈장의 치료 방법으로 외과적 수술에 대한 첫 기록은 서기 1세기경 로마의 학자이자 의사인 켈수스(Celsus)에 의해 시행된 서혜부 탈장 수술이다.

맹장 수술, 치질 수술, 탈장 수술은 외과 의사에게 가장 흔하게 하는 수술이다. 탈장 수술은 신경이나 정관 손상, 고환으로 가는 혈관의 출혈에 세심한 주의를 기울여야 한다.

"할아버지 무슨 일 하셨어요?"

"조그만 배를 가지고 정치망 어업을 했는데, 지금은 감천항에 수산 센터 공사를 하면서 어장이 많이 없어져버려 벌이가 시원찮아."

"몇 년 전 한참 낚시를 할 때, 저도 서방파제에서 뻥에 돔도 낚고 그랬는데요."

"그랬어요?"

"그러면 할아버지 전부터 안면이 있었겠네요."

이런 이야기를 하면서 마취와 절개가 이루어지고 어느덧 탈장 주머니가 보인다.

"할아버지 아프면 아프다고 말씀하세요. 마취를 조금 더 해드릴 테니까 아셨죠?"

큰 출혈 없이 정관과 혈관을 박리해내고 탈장 주머니를 자르고 묶었다. 이제는 장이 튀어나왔던 구멍을 메우면 된다. 근육을 주위의 인대와 봉합을 하고 절개 부위를 꿰매어 수술은 끝났다.

수술 장갑을 벗고 손을 씻은 뒤, 주인 없는 마취과장실에 들어오니 호일에 싸인 군고구마와 사과와 밀감이 놓여 있다.

"수녀님, 웬 군고구마예요?"

"주방에서 고구마를 굽고 있길래 과장님 드시라고 가져왔어요."

엘리사벳 수녀님이 가져다준 고구마를 보니 잠시 목이 멘다. 군고구마를 보면 얼마 전 돌아가신 아버님 생각이 난다. 아버님은 일본 오사카에서 중학교를 다니다가 해방되자 귀국선을 타고 현해탄을 건너오셨다. 특히 군고구마를 좋아하셨고, 겨울철에는 자주 신문지 봉투에 든 군고구마를 사오시곤 하셨다. 손가락으로 까맣게 탄 부분을 벗겨가며 뜨거운 고구마를 먹는 기분이란… 입천장이 데이는지도 모를 정도다. 지금도 고구마를 좋아한다. 집 건너편 고신의료원 입구에 군고구마를 파는 아주머니가 있다. 며칠 전에도 군고구마를 사면서 아버지 생각에 코끝이 시렸다. 하늘나라에 계신 아버지께서도 오늘 나를 보시고 '욕봤다' 하시며 대견해 하시리라 믿는다. '아버지, 열심히 잘 살게요. 편히 쉬셔요.'

수녀님은 왜 군고구마를 주어 내 시야를 흐리게 하는 거야.

(2006)

## 가난은 나라님도 어쩔 수 없다

　3월이다. 바닷바람이 차갑기는 해도 뺨에 닿는 따사로운 햇살로 겨울이 가고 봄이 살며시 다가오고 있는 걸 알 수 있다. 삼월 첫 토요일은 맑게 갠 하늘이 늦은 오후가 되자 눈구름이 몰려오면서 부산을 온통 하얀 눈 이불로 덮은 날이다. 기상 관측을 한 뒤로 37cm 되는 엄청난 눈이 내려 교통이 끊기는 바람에 중구 가톨릭센터에서 집까지 눈길을 한 시간 넘게 걸었다. 머리에 털 나고 이렇게 많은 눈이 내리는 건 처음 겪어본다. 뽀드득 밟히는 눈길을 걸으며, 며칠 전에 퇴원한 비오 씨를 생각했다.

　그와의 만남은 1999년부터다. 그해 1월 초에 그는 피고름이 항문으로 흘러나와 속옷을 적신 채 엉거주춤한 자세로 외래 진료실을 나무 지팡이를 짚고 들어왔다. 벌써 햇수로 7년째다. 그의 진료 기록지는 두툼한 책 한 권 두께다. 이제는 환자와 의사의 관계가 아니라 스스럼없이 우스갯말을 주고받을 만큼 살가운 사이가 되었다. 보름 가까이 보이지 않으면 어찌 지내는지 궁금하기까지 한다. 올 1월 중순에 진료실을 찾아왔다. 그는 혼자 살아서인지 말을 참 많이 한다.

"최과장님, 입원 좀 해야겠심더."

"왜요? 항문이 또 곪았능교?"

"항문도 우리하니 아프고, 도대체 허기가 져서 못 살겠다 아잉교? 밤에 자려고 누웠는데, 춥기도 춥고, 배가 고파 친구 집에 가서 남아 있던 밥과 김치를 마구 퍼먹어도 배가 고파요."

그는 젊어서는 전기 기술을 배워 그럭저럭 살았는데, 술과 사람 사귀기를 좋아해서인지 여태 결혼을 하지 않고 혼자 산다. 사고로 머리를 크게 다쳐 오랫동안 병치레를 하였고, 나쁜 일은 짝을 지어 온다고 양쪽 고관절 대퇴골이 썩어 들어가게 되었다. '대퇴골두 무혈성 괴사'라는 병이 찾아온 것이다. 이 병은 골반 뼈와 소켓처럼 이어진 허벅지 뼈의 머리 부분이 피 순환이 잘 안 되어 뼈가 썩어 일어나는 병이다. 그래서 걷다가 쉬고 걷다가 쉬고 하는 것이다. 오래 걸을 수가 없다.

이렇다 할 증상은 없지만, 걷거나 뛸 때 천천히 나빠져서 사타구니가 아프거나, 때로는 엉덩이, 허벅지와 무릎

관절이 아프고, 관절 운동이 충분하지 못하고, 발을 옆으로 벌리거나 안쪽으로 돌리는 것이 어렵다. 허벅지 뼈의 머리 부분이 많이 파여 내려앉았을 때는 다리가 짧아지기도 한다.

왜 이런 병이 생기는지는 잘 모르고, 원인으로는 고관절 부위를 다쳤을 때, 부신 피질 호르몬 주사나 약을 먹은 경우, 술을 많이 마시는 것, 잠수병(Cassion disease), 동그란 적혈구가 낫 모양으로 바뀌는 겸상 적혈구 빈혈증(sickle cell anemia), 방사선을 쪼였을 때, 고서병(Gaucher's disease), 통풍, 혈중 지질 이상, 전신성 홍반성 낭창(SLE)과 같은 결합 조직 병, 만성 콩팥 질환이나 장기 이식, 담배 피우기 들이라고 알려져 있다. 우리나라에서는 지나친 술 마시기가 가장 많은 원인이다.

얼마 전 이 병으로 산업 재해 승인을 받은 이야기를 동아대 산업의학과에 수련 중인 후배에게 들은 적이 있다. 가톨릭 노동사목에서 만드는 소식지 〈바자울〉(바자울이란 순 우리말로 대나무, 갈대, 수수깡 따위로 발처럼 엮어 만든 울타리를 말함)에 실린 후배의 글을 줄여 옮겨본다.

올해 초 동아대병원 산업의학과에서 산재 승인이 되었던 조선소 곡직 작업 노동자의 대퇴골두 무혈성 괴사 사례이다. 정 씨(남, 54세)는 2003년 6월 아침에 일어나는데 갑자기 허벅지 부분과 엉덩이 뒤쪽이 당기고 통증이 왔다. 거제삼

성병원에서 '양측 대퇴골두 무혈성 괴사'라는 진단을 받았다. 2003년 9월에 작업 중 무거운 물건을 들다 허리를 삐끗하여 '요추부 염좌'로 외래 방문할 때 산업 재해로 요양 중인 상태였는데, 위의 증상이 계속 심해져 2004년 4월경 마산 삼성병원 산업의학과 외래를 방문하여 수술이 필요하다는 이야기를 듣고 작업 관련성 평가를 위해 동아대병원 산업의학과로 외래 방문했다. 외래 방문 때 정 씨는 절뚝거리며 아내가 부축하여 걸어왔고, 쪼그려 앉는 자세를 취하는 것이 힘들었다.

정 씨는 20년 간 하루 평균 10시간(잔업할 때는 14시간)가량 조선소의 곡직 작업에 종사하였다. 곡직이란 작업은 선실 철판의 용접 부위를 편평하게 하는 것으로 밀폐된 작업 공간에 쪼그려 앉아서 하는 작업이다. 후배는 외국 문헌을 뒤져 과중한 신체적 활동이 대퇴골두 무혈성 괴사의 발생에 연관된 중요한 위험 인자로 나타나기도 한다는 사실을 찾았다.

이러한 증상과 방사선학적 검사를 토대로 대퇴골두 무혈성 괴사를 진단하고, 국내외 문헌을 참조하여 가능성이 높다는 판단을 내리고, 산재 요양 신청을 했는데 올해 1월에 승인이 되었다는 아내의 연락이 왔단다. 산업의학과에서는 산재 신청을 할 때 작업 관련성이 높은지, 낮은지에 대한 작업 관련성 평가를 한다. 대퇴골두 무혈성 괴사의 경우 산재 승인이 된 경우를 찾아볼 수 없었는데, 산재 승인을 받게 되어 매우 기뻤다.

지식이 아무리 많아도 의식이 없다면 그것은 죽은 지식이라는 말이 있듯이, 좋은 생각을 가지고 산업의학을 배우고 있는 후배가 빨리 전문의 자격증을 따서 노동자들의 좋은 친구가 되기를 희망한다.

이 병은 고관절에 인공 관절 치환 수술을 하면 고칠 수 있다. 수백만 원이나 드는 돈이 없어 여태까지 지팡이를 짚고 다닌다. 일을 할 수가 없게 된 것이다. 그러니 살아가기가 어려워져 송도성당에서 얼마간 도와주고, 기초 생활 수급자로 나라에서 생계비 지원이 조금 나오는 것으로 산다.

항문 검사를 해보니 다시 수술했던 곳이 발그스레하며, 누르니 조금 아파한다. 외래로 통원 치료를 해도 괜찮을 듯했지만, 추운 날씨에 다리도 불편한 사람이 혼자서 움막 같은 집에서 겨울을 날 것을 생각하니 마저 통원 치료 하자고 말을 못하겠다. 몇 차례 그의 집을 찾아간 적이 있었는데, 그 모습이 겹쳐 떠올랐기 때문이다.

"고마, 입원하입시다. 비오 씨."

이런 경우는 얼마간 사회 입원이다. 군이 병이 있어서라기보나는 다른 이유로 입원하는 것이다. 주방 수녀님께 밥을 꼭꼭 눌러 주라고 부탁했다.

고관절만 이상이 없다면 다시 수술을 하고 싶은 마음

이 없지 않다. 수술 뒤 똥이 새는 가장 나쁜 결과가 일어나지 않는다는 확신은 없지만 말이다. 우리가 걸어다닐 때나 급하게 설사가 나오려고 할 때, 똥을 옷에 싸지 않고 화장실까지 종종걸음으로 갈 수 있는 것은 항문 외괄약근과 항문거근이라는 동그랗게 생긴 근육 때문이다. 지금 비오 씨의 항문 상태는 워낙 항문 깊숙한 곳까지 생긴 치루를 수술한 터라, 우리가 항문에 힘을 줄 때 조이는 느낌이 드는 3개나 되는 항문 외괄약근이 없는 상태이고 이 외괄약근 바로 위의 항문거근 하나만이 남아 있어 겨우 똥이 새는 것을 피하고 있다. 어린아이처럼 기저귀를 차야할지도 모르는 두려움에서인지 그냥 지금처럼 지내고 있다.

외래에서 치료를 할 때, 비오 씨가 종종 하는 말이 있다.

"그냥 본드로 붙이든가, 시멘트 공굴을 하면 안 될까요?"

말도 재미나게 하고, 입원 중에는 병실에서 다른 환자들을 웃기는 유머 감각도 많다.

"내도 그리 할 수 있으면 참 좋겠네요."

소독약을 잘게 잘라서 좁은 구멍에 넣어 닦으면서 나도 한마디 거든다.

항문 피부에서 1cm 깊이로 조그만 구멍이 있는데, 이곳이 잘 아물지 않아서 곪고 터지고를 되풀이하는 것이다. 그러니 7년째 그의 엉덩이를 벌려 소독하는 나도 미안하고, 때로는 괴롭기도 하다. 치료 도중 방귀라도 뀌는 날은 코를 벌름거릴 수밖에 없고, 비오 씨도 얼마나 힘들까? 달동네에서 성치 않은 다리로 병원까지 걸어오고 간다는 게, 말이 쉽지 가파른 산을 올라가는 힘든 일이다. 이러지도 못하고 저러지도 못하는 꼴일 수밖에.

입원한 47일 동안 비오 씨는 몸이 많이 불었다. 얼굴도 살이 올랐고, 배도 많이 튀어나왔다. 몸무게가 8kg이 늘었기 때문이다. 협심증과 심부전증이 있고, 치아도 좋지 않아 어금니는 거의 다 빠진 상태지만 병원에서 잘 먹은 모양이다. 오히려 불은 몸무게로 걷는 데 더 힘들지 않을까 걱정이었다.

며칠 전에 외래로 왔을 때는 항문의 상처는 아물어 있었다. 또 다시 곪아 터질지는 알 수 없어 한 주마다 외래를 오라고 하였다. 퇴원한 후 살이 좀 빠진 것 같아 '밥은 제대로 챙겨 먹는지' 속으로 생각했다. '가난은 나라님도 어쩔 수 없다' 는 말은 배부른 사람들이 지어낸 말일 것이다. 나누고 나누면 못할 일도 아닐 터인데, 힘없는 민중들의 삶은 고달프고 서럽기만 하다.

(2006)

"방귀 뀌었어요?"

"최과장, 어제 제왕 절개 수술을 한 산몬데 방귀가 안
나오고 배가 불러 있는데 한 번 봐 주소." 식당에서 된장
국에 점심을 거의 먹었을 무렵, 산부인과 K부장님이 들어
오며 내게 말을 걸었다.

나는 K부장님만 보면 늘 미안한 마음이다. 후임 외과
과장을 뽑지 않았으니 외과 환자의 상당한 몫을 K부장님
이 커버하고 있으니 고맙기도 하고 미안한 마음도 들고
그렇다. K부장님은 마리아수녀회 구호병원의 산 역사다.
산부인과 전문의를 따자마자 바로 구호병원에 첫발을 디
딘 뒤 지금까지 일하고 있으니 말이다. 타병원에 비해 그
리 넉넉지 못한 월급으로 삼십 년 가까이 미혼모들과 함
께해왔으니 아무나 할 수 있는 일이 아니다. 천사표가 따

로 없다. 이주 노동자나 국제 결혼을 한 다문화 가정의 산모가 도움을 요청하면 나는 별 부담 없이 K부장님께 부탁을 하곤 한다.

병실에 들어서니 반가운 얼굴의 수녀님이 인사를 하며 내 손을 잡는다. 박광숙 수녀님이다. 일요일마다 가톨릭 센터에서 이주 노동자들과 함께하는 미사를 도와주시는 수녀님이다. 산모의 보호자로 와계신다고 했다. 산모는 이십대 초반의 중국 한족 여성이다. 안창마을이라고 부산에서도 아주 고지대 달동네에서 수녀님이 돌보고 있는 산모였다. 사연이 복잡했다. 나이 차가 많은 한국 남자와 사는데 시어머니 쪽에서 반대가 이만저만이 아닌 모양이었다. 그 사이에 배가 불러오고 전날 제왕 절개 수술로 귀여운 딸을 낳았다. 수녀님은 독일에서 한국에 온 지 삼십 년도 넘었다. 한국말도 아주 잘한다. 오죽하면 한국 이름까지 지었을까.

산모 N씨는 배가 남산만 하게 부르다. 누르면 통증이 있고 토하기까지 했다. 엑스선 사진 상에는 장이 많이 늘어나 있었다. 청진기를 배에 대어보니 조용하다. 장이 움직이는 소리가 전혀 들리지 않는다. 코에 비위관을 꼽고 링거액에도 장 운동을 촉진하는 주사를 섞고 지켜볼 수밖에 없다. 탈장 수술이 있어 수술실에 갔다가 두어 시간 뒤에 나왔더니 산모가 힘차게 연달아 방귀를 뀌었다는 반가운 소식을 간호사가 전한다. 얼마나 속이 시원할까.

"방귀 뀌었어요?"

"예, 선생님. 시원하게 두어 번 나왔어요."

'으하하하~

수술한 환자들이 시원하게 방귀를 뀌는 것이 수술 집도한 의사에게는 가장 기분 좋은 일이다. 장이 막혀 가스가 나오지 않으면 얼마나 괴로운지 모른다. 배는 불러오고 토하고 수술한 부위는 더욱 아프다. 코에 줄을 꽂아야지, 소변 줄도 꽂아야지, 장유착으로 기계적 장폐색이 되면 수술도 고려해야 하니까 아프고 부른 배에 자꾸 사진은 찍어야지... 한마디로 괴롭다. 환자나 의사나.

(2007)

## 혈압약 열흘 치만 주세요

진료실로 한 할머니가 들어오셨다. 차트를 보니 고혈압으로 약을 타간 지 한 달이 지났다. 그런데 좀 이상하다. 한 달 분 항고혈압제를 처방한 것이 아니라 열흘 분 처방을 받았는데 20여 일 지나서야 혈압 약을 타러 온 것이다.

"할머니, 왜 혈압 약을 안 드셨어요?"

"원장님, 그냥 혈압 약 열흘 치만 주세요."

따라 들어온 간호사가 할머니의 왼팔에 혈압을 재며 말했다.

"원장님, 200에 110인데요?"

이런! 이 정도의 혈압이면 머리로 가는 혈관이 언제 터질지 모르는 악성 고혈압이다.

"할머니, 혈압약은 먹다 안 먹다 하는 약이 아니에요.

매일 꼬박꼬박 드셔야 합니다.”

우선 급하게 혈압을 내리기 위해 혀 밑에 아달라트 연질 캡슐 5mg을 넣어드렸다.

“할머니, 이 약을 살살 녹여 드시고 편안하게 앉아 있으세요. 15분 뒤에 다시 혈압을 재어드릴게요.”

어느 정도 혈압이 떨어진 뒤 다시 진료실로 들어온 할머니는 다짜고짜 열흘 분만 약을 달라고 하신다. 순간 약값이 모자라서 그러신가, 하는 생각이 얼핏 스쳐지나갔다. 그런데 할머니는 어디서 많이 본 얼굴이다.

나의 거듭되는 채근에 한숨을 내쉬던 할머니께서 사연을 이야기하셨다. 안(安) 할머니는 올해 일흔 여덟이시다. K대 부속 병원 들머리에서 떡 장사를 하신다. 그 병원 길 건너편 도로가에 내가 사는 아파트가 있다. 구호병원을 오가며, 또 횡단보도를 지나며 할머니를 스쳐지나가곤 했다. 그제야 할머니가 생각났다. 군고구마를 파는 아주머니와 나란히 챙 넓은 모자를 쓰고 쭈그려 앉아 떡을 파시던 그 할머니다. 간혹 이리저리 눈치를 보며 담배도 태우시던 할머니다.

나이 마흔에 과부가 된 할머니는 아들, 딸과 셋이서 달세 9만 원 하는 집에서 살고 있다. 마흔인 아들은 척추 디스크 수술을 받은 뒤 후유증이 생겼는지 허리 통증으로 일상적인 활동도 어렵다고 한다. 딸도 화상을 입었다고 한다. 그래서 여든 가까운 할머니가 병원 앞에서 떡을 팔아 생계를 꾸려나가고 있다고 하셨다. 약국에 처방전을 가지고 한 달 분 혈압약을 지으면 대개 만 원 전후가 된다. 그 흔한 배추 이파리 한 장이 없어 열흘 분 처방을 받으시고 스무 날은 약을 드시지 않으시니 혈압이 조절될 턱이 있겠는가!

"할머니, 〈도로시의 집〉 무료 진료소에 오세요. 얼마 전에 문을 열었어요. 오시면 혈압도 재어드리고 혈압약도 공짜로 한 달 분씩 드릴게요."

"그런 곳이 있어? 어딘데?"

"국제시장에서 조금 올라오시면 대청동 가톨릭센터라고 있어요. 거기 6층에 있어요."

진료 시간을 알려드리고 꼭 오시라고 신신당부를 했다.

진료실 문을 나서는 할머니를 보며 잠시 나의 유년기 추억이 떠올랐다. 부산은 유난히 산복 도로가 많다. 나의 어린 시절 추억이 서린 영도의 달동네도 옛 기억을 한참 더듬어야 할 정도로 건물이며 모든 게 너무 많이 변해버렸다. 지금은 돌아가셨지만 구멍가게 할머니는 나를 귀여워해주셨다. 당시 대한조선공사(지금의 한진중공업)에 노동자로 일하고 계셨던 아버지께서 월급을 타면 외상값을 갚아주셨기에 나는 언제나 할머니 구멍가게에 가서 과자를 먹을 수 있었다.

"할머니, 우리 엄마가 과자 외상으로 하나 사먹으라던 데요."

이 말은 바로 돈이었고 현금 카드였다.

떼어먹히는 한이 있더라도 외상으로라도 혈압 약을 복용할 수 있으면 얼마나 좋겠는가? 의약 분업 전이라면 그냥 진료실에서 공짜로라도 약을 지어드릴 수 있겠지만 지금은 그럴 수가 없다. 할머니는 의료 급여가 아닌 지역 건강 보험 환자이고, 차상위 계층의 의료 소외가 단적으로 드러나는 경우다.

건강은 누구나 바라는 희망 사항이다. 인간이면 누구나 누려야 할 권리이고 인권의 문제이기도 하다. 안 할머니 경우에서 보듯 우리의 현실은 너무나 동떨어져 있다. 가난해서 질병에 걸리고, 질병에 걸리면 더욱 가난해지는 건강의 불평등성과 턱없이 높은 의료 접근성, 그리고 의료 이용의 양극화 심화는 앞으로 더욱 심해질 것이다. 전 국민 의료 보험 시대를 열면 뭐 하나? 여전히 의료 혜택을 받지 못하는 도시 빈민들은 넘치고 넘친다. 우리나라 빈곤층 수는 750만 명이라지 않은가.

안 할머니의 경우는 단지 자식이 둘 있다는 이유로 의료 급여 수급권자도 되지 못한다. 차라리 의료 급여 수급권자들이 오히려 더 의료 혜택을 보며 병원을 쇼핑하고 있는 실정이다. 자식이 부모를 봉양하는 것이 아니라 노모가 자식 둘을 먹여 살려야 하는 기막힌 현실에서 혈압 약도 제때 먹지 못해 언제 뇌혈관이 터질지 모르는 시한폭탄을 머리에 지고 살아가고 있는 것이다. 그것도 병원

들머리의 모퉁이 길바닥에서 온갖 교통 매연을 맡으며 종일 앉아 떡을 팔아서 말이다!

아파트 베란다에서 내려다보니 해가 서산으로 넘어갔는데도 할머니는 여전히 노상에 쭈그리고 앉아 계셨다. K대 부속 병원 응급실 앞에는 나무에 색색의 전구가 반짝거렸고, 벽에는 현수막이 펼쳐져 있었다. 거기에 이렇게 씌어 있었다.

'축 성탄' 하늘엔 영광 땅에는 평화.

기쁘다 구주 오셨네, 만백성 맞으라.

베란다에서 내려다본 풍경이 슬프고 우울하기만 하다.

〈도로시의 집〉 무료 진료소에서 만난 안 할머니가 반갑고 기뻤다. 착한 뜻을 가진 이들의 도움으로 할머니의 혈압 약을 한 달 분 줄 수 있으니까 말이다. 할머니의 혈압을 재고, 약을 봉투에 담아 건네는 자원 봉사를 하는 의학 전문 대학원 학생들이 그렇게 사랑스러울 수가 없다. 〈도로시의 집〉은 이주 노동자뿐만 아니라 지역의 가난한 이들 누구에게나 언제든지 열려 있는 공간이다. 달동네에는 현금이 없을 때 외상을 주는 동네 가게가 있었고, 아쉬울 때 푼돈이나마 빌릴 이웃이 있었으며, 그렇게 가난한 사람들이 모여 살면서 어렵지만 서로 도우며 살았다. 그런 게 '땅에는 평화'가 아닐까.

(2008)

## 야구장에 하나의 식탁이 더 차려졌을 뿐이다

현대인들은 바쁘게 살아간다. 속도 전쟁이다. 기차를 타도 바깥 풍경을 구경하지 못한다. 생존 경쟁에 내몰려 앞만 보고 달리니 옆이나 뒤를 돌아보지 못하거나 스쳐 지나기 일쑤다. 산길을 걷다가도 들꽃을 보려면 허리를 굽히고 아래를 세심히 쳐다봐야 하는데, 바쁘다는 핑계로 그늘지고 소외되고 가난한 이웃들이 살아가는 모습을 외면하지는 않은지 되돌아봐야 한다.

좌판에서 채소나 생선을 파는 할머니, 손수레에 과일을 파는 아저씨, 파지를 주워 힘겹게 오르막을 오르는 사람들, 계단에서 구걸하는 노숙인, 빈 방에 홀로 누워 죽을 날만 기다리는 독거 노인, 높은 보도블록에 애를 먹는 휠체어를 탄 장애인, 고공농성 중인 노동자와 철거민, 일자리를 잃은 고통을 온몸으로 겪는 해고 노동자, 현대판 노예로 살아가는 이주 노동자. 헤아리자면 끝이 없다. 저마다 버거운 삶의 무게를 지고 살아가는 우리들의 가난한 이웃들이다.

3년 전 여름이었다. 프로 야구 롯데의 홈 경기가 열린 사직야구장에서 송 할아버지를 처음 만났다. 언제나 우리 자리는 포수 뒤쪽 일반석 꼭대기다. 우리 곁으로 남루한 바지 차림에 큰 비닐 봉지를 두 개나 들고 바닥에 앉아 쉬고 있는 할아버지가 눈에 띄었다. 이마에는 땀이 송골송골 맺혔다. 봉지 안에는 찌그러져 납작해진 빈 맥주 깡통이 들어 있었다. 궁금했다. 보통 청소하는 아주머니들이 아직 올 시간이 아닌데, 깡통을 줍기 위해 다니시나?

과일과 음료수를 드렸더니 고맙다며 맛있게 드셨다. 친구와 나는 비닐 봉지를 들고 야구장 쓰레기통을 뒤졌다. 맥주 깡통 열 댓 개를 담아 할아버지께 드렸더니, 웃으시며 고맙다고 하셨다. 할아버지는 우리가 모아온 깡통의 부피를 줄이기 위해 우그러뜨리는데, 보통 실력이 아니었다. 빈 깡통의 아래 위를 두 손바닥 사이에 놓고 한 번에 납작하게 만드는 모습에서 진한 삶의 의지가 느껴졌다. 호기심이 나서 할아버지께 슬며시 여쭈어보았다.

"하루에 벌이가 얼마나 되세요?"

"킬로에 신문지는 100원, 파지나 박스는 90원 해. 깡통은 돈이 되지. 킬로에 천 원을 받으니까. 하루에 오천 원에서 만 원 벌어."

일흔 일곱인 할아버지는 사직구장 뒤편 쪽방에 사신다
며 야구 경기가 있는 날에는 빈 깡통을 줍고, 없는 날에는
파지를 줍는다 하셨다. 할아버지는 보증을 잘못 섰다가
쫄딱 망했다고 했다. 그 일로 5년 전 이혼을 하고 홀로 사
신다. 쪽방 달세가 3만 원. 그 방을 둘이 쓰니까 달세는 절
반인 셈이다. 목욕탕에서 피로도 푸시고 따뜻한 밥이라도
사 드시라고 일행들에게 추렴을 해서 드렸다.

"할아버지, 내일도 우리 이 자리에서 경기 구경할 겁니
다. 이 시간에 꼭 오세요. 저희가 저녁밥으로 김밥을 준비
해 올게요. 함께 먹어요, 예?'

할아버지는 연신 고맙다며 그러겠노라고 대답하신 후
빈 깡통을 줍기 위해 다른 곳으로 가셨다. 검은 비닐봉지
를 들고 가시는 할아버지의 뒷모습을 보니 다리를 절었
다. 마음이 짠했다.

다음날, 야구장 같은 자리에서 할아버지를 다시 만나
김밥을 나누어 먹으면서 이런저런 이야기를 더 들을 수
있었다. 점심을 걸렀다고 했다. 언젠가 박영희의 르포집
《길에서 만난 세상》에서 읽은 기억이 난다. 점심을 굶는
도시의 노인 부부 이야기다.


내외의 외출은 끊임없이 걷는 일이 전부다. 앉아 있으면
먹는 것이 생각나고 심사가 복잡해지니 무릎이 허용하는 한

걷는 수밖에 없다.

아동 결식도 그렇지만 노인들도 밥을 굶으면 되겠는
가. 주위를 둘러보면 끼니를 굶는 노인들이 상당히 많다.
다리를 저는 게 마음에 걸려 물어보았다. "할아버지, 허리
가 안 좋으세요?"

스무 해 전, 대우조선에서 일할 때 사다리에서 떨어져
심하게 다쳤고, 이태 가까이 병상에 누워 있었다며 이를
드러내며 웃으셨다.

"그래서 내가 장애인 4급이잖아?

그렇게 독거 노인이 되었다. 기가 막혀 내가 말을 잇지
못하자, 할아버지가 말을 이었다.

"지금 내 왼쪽 허벅지 뼈는 다 인공뼈야."

한우 버거는 나중에 먹겠다며 따로 챙기신다. 아마 저
녁 끼니로 드실 모양이었다. 김밥을 드시고 난 뒤, 어제
고마웠다며 다시 감사의 표시를 하고는 깡통을 줍기 위해
자리를 뜨셨다. 나는 전화 번호를 알려드리고, 힘드시면
언제라도 연락을 달라고 당부했다.

며칠 전, 반가운 목소리로 통화를 하던 아내가 전화기
를 바꾸어준다. 송 할아버지였다. 요즘은 파지를 줍는다
고 한다. 지난 해부터 야구장에 맥주 반입이 금지되어 타
격이 크다고 하셨다. 요즘은 파지를 주워 하루 4,000원 가
량 번다고 한다. 3년 만에 처음으로 할아버지의 전화를

받았다. 요즘 형편이 어려우신가보다. 요즘은 야구장에 오지 않느냐고 물으셔서, 계획에 없었지만 오늘 야구장에 간다고 말씀드리고 같은 장소에서 뵙자고 했다.

계단을 올라오시던 할아버지는 단박에 우리를 알아보셨다. 얼굴은 좋아 보였다. 아내와 준비한 김밥을 드렸고, 끼니 거르지 마시라고 지갑을 조금 열었다. 할아버지는 고마움의 표시로 허리를 굽혔고, 나도 덩달아 건강하시라며 허리를 숙였다. 할아버지의 마대 자루에는 약간의 빈 깡통이 들어 있었다.

가진 게 많아서 나누는 것이 아니다. 가난한 달동네에서 살던 어린 시절의 기억을 떠올려보아도 그렇다. 그땐 깨어진 접시에 담긴 김치를 담 너머로 나누던 살가움이 있었다. 마을 공동체가 살아 있었다. '자발적 가난' 이니 '인간의 존엄성' 이니 하는 거창한 말이 필요치 않다. '지금 여기(Hic et Nunc)' 에서 나눌 수 있을 때 그냥 나누면 되는 것이다.

야구장에서 빈 깡통을 줍던 송 할아버지가 내게로 왔고, 야구장에 하나의 식탁이 더 차려졌을 뿐이다. 이제는 야구장에 갈 때마다 할아버지에게 전화를 걸어 우리의 식탁에서 만나는 일이 자연스런 일이 되었다. 손을 맞잡으며 서로의 안부를 묻고 김밥을 나누어 먹고 함께 차도 마신다. 웃으며 헤어진 뒤에는 내적인 충만함이 차오른다. 야구 경기장 밤하늘에 부는 바람은 있는 듯이 없는 듯이 시원함을 준다. 그것도 끊임없이 그저 준다.

(2016)

## 어느 독거 노인을 보면서

　조씨 할아버지는 독거 노인이다. 5년 전 부인과 사별한 뒤 홀로 지낸다. 그는 남부민동의 오래된 낡은 아파트에 사는데 폐가 좋지 않아서(만성 폐색성 폐질환인 폐기종을 오랫동안 앓고 있다.) 거의 바깥 출입은 하지 못하고 서구 복지관에서 배달해주는 도시락으로 끼니를 때운다. 몇 달 전부터 할아버지의 형편을 알게 되어 송도성당에서 생계비로 매월 10만 원을 지원하며, 종종 들러 청소도 하고 바퀴벌레 약도 치고, 말벗도 되어드리고 건강도 체크해드리던 분이다.

　유일한 혈육으로 울산에 사는 조카가 있는데, 조카가 채무 관계를 피하기 위해 할아버지 앞으로 8,000만 원을 입금시키는 바람에 기초 생활 보호 대상자에서 제외되었다. 물론 나중에 조카가 돈을 찾아갔고 할아버지는 어두운 아파트 골방에서 가쁜 숨을 몰아 쉬며 약에 의존해 하루하루를 외롭게 살아간다. 전에 광산에서 일하셨는지 진폐증이 의심되고, 폐가 좋지 않아 기침 가래에다가 조금만 움직여도 숨이 차 아파트 밖으로 거의 나가지 않는다. 밥을 해드시기가 힘든지라 방문해보면 베지밀에 빨대를 꽂아서 조금씩 빨아먹는 것이 대부분이다.

한 번은 돼지국밥이 되게 먹고 싶은데 밖에 나갈 수가 있어야지 하셔서(사실은 사 먹을 돈도 없지만) 사다 드린 적도 있다. 그런데 최근 돌아가시기로 작정을 하셨는지 생계비 지원도 마다하신다. 복지관에서 오는 점심 도시락이 아파트 출입문 앞에 차곡차곡 쌓여 있고, 아예 방문을 해도 문을 열어주시지 않는다. 울산 조카에게 전화 연락을 하고 여러 차례 방문한 뒤 겨우 문을 열어 주셨는데, 몰골이 말이 아니다. 꼼짝없이 누워서만 생활했는지 머리맡에 베지밀 팩만 나뒹굴고, 수염은 더부룩하게 자라 영락없는 영양 실조 상태였다. 방안에서 움직이는 것이라고는 바퀴벌레가 전부였다.

할아버지를 설득하여 구호병원에 입원시키는 데도 여러 날이 걸렸다. 입원시키려니 보호자 문제며 간병인 문제를 해결해야만 했다. 울산에 있는 조카를 부르고, 대소변 받는 일과 식사 보조를 위해 간병인을 주간에는 서구 복지관에 연락하여 부탁하고, 밤에는 사야 했다. 영양 실조뿐만 아니라 묻는 말에 엉뚱한 소리를 하고, 그런 와중에 또 정신이 들면 조카 걱정을 하시고. (얼마 안 되는 아파트지만 조카에게 명의 이전을 해주신단다.)

조카에게 기력을 회복할 때까지만이라도 야간 간병인을 구해달라고 하니 그건 본인이 해결하겠단다. 서구 복지관에서 환자 상태를 확인하러 오더니 12월 1일부터 간병인을 보내주겠다고 하여, 그 전까지는 성당 빈첸시오 회원들이 돌아가며 간병하기로 하였다.

전국적으로 61만여 명이나 된다는 독거 노인들. 그나마 요양소에 들어가려면 자식이 없어야 하는데, 부모 봉양도 하지 않는 자식 놈들(?)이 있다는 이유로 이들은 노년을 쓸쓸히 보내고 있다. 길거리 무료 급식, 사회 복지관이나 교회에서 보내오는 도시락에 의존하여 최소한의 식생활로 하루하루 연명하고 있다. 내가 있는 곳에서 조금만 고개를 돌리고, 달동네를 조금만 걸어보면 흔히 만날 수 있는 가까운 우리 이웃의 문제이다. 어느 요양원에 수용 중인 한 할머니가 말씀하시길, "자식과 며느리가 똥 싸고, 오줌 싸면 나가 죽어, 라고 말해요. 손자도 나가 죽어, 하며 발로 찹니다."

조 할아버지는 입원 후 몸 상태가 좋아지고 걷을 수 있을 정도로 기력을 회복하면, 병원 수녀님과 상의하여 장림에 있는 마리아수녀회 구호소에 보낼 계획이다. 아내와 사별한 후 늘 외롭다는 말씀을 하시던 할아버지. 구호소에서 수녀님의 보살핌을 받으며 비슷한 처지의 또래 할아버지들과 말동무도 하면서 여생을 품위 있게 평화롭게 보냈으면 한다.

우리 모두 노인 문제에 관심을 가져보자. 우리도 언젠가 노인이 된다.

(2006)

## 두 천사 형제에게 사랑을 전하다

아침에 아파트 베란다에 나가보니 봄을 재촉하는 겨울비가 촉촉이 내리고 있다. 늘 하듯이 송도 바닷가와 암남공원의 능선과 하늘, 감천항을 바라본다. 시야에 교회의 뾰족한 첨탑이 들어온다. 오늘은 그 위쪽으로 계단이 가파른 이층에 사는 두 천사(미카엘, 라파엘)의 집을 찾아가기로 약속한 날이다. 내가 오후 근무이기 때문에 오전 10시쯤 만나기로 했다.

며칠 전 평등세상(오마이블로그 닉네임) 님이 그동안 오마이뉴스에 기사를 송고한 대가로 받은 돈을 내 계좌로 보내왔다. 그 기사가 어떻게 씌어진 것인지는 내가 조금은 안다. 최근에 평등세상 님이 책을 출간했다. 《들꽃은 꺾이지 않는다》(박미경 지음, 삶이보이는창 출간, 2007)

라는 제목의 책이다. 밤을 하얗게 지새우며 자판기를 두들겼을 그의 마음을 이해하기에 소중한 마음을 받아들였다.

부엌 한켠에는 마대 자루에 쌀이 그득 담겨 있다. 평등세상 님이 택배로 보내준 쌀이다. 쉽게 들 수 있는 무게가 아니다. 끙~ 하며 들어본다. 20kg은 더 되는 것 같다. 얼마나 무겁기에 끙끙댈까? 체중기에 달아보니 25kg 정도 나간다. 송도성당 사회복지분과장과 가난한 이를 돕는 빈첸시오 회장이 집에 왔다. 승강기를 타고 내려가 쌀자루를 실었다. 좁은 골목길을 지나 교회까지 왔다.

"세상은 그래도 살 만하다. 그죠?" 회장님의 말에 빙그레 웃어본다.

두 천사의 어머니가 골목 어귀에 나와 있었다. 쌀자루를 들고 계단 입구에 이르자, 가브리엘라(가톨릭 세례명) 님이 쌀자루를 머리에 이고 오르겠단다.

"마침 쌀이 오늘 저녁만 먹으면 떨어져 사러 가려고 했는데…."

두 천사는 개학을 해서 집에 없었다. 자그마한 탁자에 찻잔이 세 개 놓였다. 메밀차라고 하는데 처음 먹어보는 차였다. 맛이 좋았다. 라파엘과 미카엘의 최근 이야기를 들으며 차를 마시다가 나는 봉투를 꺼내어 회장님에게 드렸다. 봉투가 꽤 두툼하다. 이렇게 나에게 주어진 사랑을 전달하는 임무는 끝났다. 어떻게 돈 봉투와 쌀을 보내게 되었는지를 간략하게 말씀드렸다.

"보내주신 분도 어려울 텐데 감사히 잘 받겠습니다."

"고마운 분들이 함께 하잖습니까? 힘내서요."

아이들의 근황을 물으니 병원에서 호흡기 운동 기구를 샀다고 했다. 5만 원 하는 기구는 두 천사의 점점 약해져가는 호흡 근육을 강화시키기 위한 것이었다. 담당 의사는 학교에도 가지고 가서 계속 불라고 했는데, 두 천사는 다른 아이들에게 보이기 부끄럽다고 학교에 가지고 가질 않는다고 했다. 우리가 병의 실체를 알게 되면, 우선은 받아들이고 사람이 할 수 있는 최선의 노력을 다해 병과 싸워나가야 한다. 비록 결과는 지는 싸움일지라도 할 수 있는 데까지는 최선을 다해야 하는 것이다. 그러나 아이들의 마음은 그렇지 않은가보다.

'근육병을 앓는 두 천사' 이야기를 포스팅했을 때 평등세상 님이 단 댓글을 보며 한 시간 이상 고민을 했다. 한밤중이었다. 받아들일 것인가, 말 것인가.

너무 가혹합니다. 어찌 살라고!!! 남편이란 사람 정말 너무하네요. 2004년부터 오마이뉴스에 98건의 기사를 쓰면서 생긴 오마이뉴스 원고료. 대부분 새벽마다 눈물로 찍은 글들이라 저에겐 원고료도 소중합니다. 생계가 어려웠던 어느 해고자에게 지원하려고 했는데 천만다행히도 지난해 여름 그가 8년 간의 지긋지긋한 해고자 생활을 끝낼 수 있었습니다. 복직했지요. 저희 일처럼 기쁘고 행복했습니다. 어려운 분에게 쓰려고 남겨두었던 원고료를 모두 후원하고 싶네요. 남편의 수술 자금으로 쓰려고 했는데 엄마가 도와주셨고, SDI 사원들과 많은 분들이 병원비를 도와주셨습니다. 그러고 보니 저는 지금까지 얼굴도 모르는 시민부터 너무 많은 분들이 사랑해주셨네요. 저도 이제 받은 사랑을 갚으며 살고 싶습니다. 플라치도 님의 계좌 번호를 알려주세요. 오마이뉴스에 원고료 신청하면 아래 원고료에서 세금을 떼고 준다는데 얼마가 될지는 정확히 모릅니다. 너무 가슴 아픕니다. 의술이 좋아져 치료약이 꼭 나와 형제들이 건강히 오래 살 수 있길 기도하겠습니다.”

등록기사 : 98건, 원고료 총액 : 1,203,900원 (미지불원고료 1,203,900원), 평등세상 님의 댓글


내가 받아들이기로 하면서 망설인 이유는 뭐였을까? 사실 지난해에 있었던 마음 아픈 기억 때문이었을 것이다. 결식 학생들을 돕자고 시작한 ‘사랑의 릴레이’가 많은 사람들의 가슴에 생채기를 남기고 없었던 일이 되어버린 것이 계속 생각났기 때문이다. 극단적으로 생각하면, 내 계좌를 가르쳐준다는 것이 쉬운 일은 아니다. 물론 평등세상 님의 순수하고 따뜻한 사랑의 마음을 전하는 다른 방법도 생각할 수 있다. 지리적으로 멀리 떨어져 있고, 가

까이 사는 내가 중간에서 전달자의 역할을 하면 될 듯도
싶었다. 그렇지만 여간 조심스러운 일이 아니다. 앵벌이
로 비칠 수도 있겠다는 생각까지 들기도 했다.

결국 두 천사네에 가길 잘했다. 이것이 계기가 되어 이
어려움에 처한 가정에 내가 좀더 관심을 가질 수 있도록
하는 촉매제 노릇도 되는 것이고, 평등세상 님의 사랑의
마음과 기도를 전할 수 있었기에 백 번이라도 잘했다는
생각이다.

고마움을 표하겠다는 요청에 평등세상 님의 오마이블
로그를 컴퓨터에 즐겨찾기 해드리고 천사네를 나섰다. 참
으로 감사한 일이다. 하늘나라가 따로 있겠는가!

(2007)

# 4. 이주 노동자

## 미리암은 꼭 고향에 돌아갈 수 있을 거야

　　필리핀 이주 노동자인 미리암(29) 씨의 가슴 아픈 이야기를 하려고 한다. 평소에 심장병을 가지고 있던 그녀는 언양의 모 병원에서 분만 중에 의식이 반혼수 상태가 되어 심장마비가 왔다. 산모와 아이의 생명이 위태하여 급히 대학 병원으로 옮겨져 제왕 절개 수술을 받다가 아들은 살렸으나, 산모는 그만 뇌사 상태에 빠져버렸다. 모두의 축복을 받으며 태어나야 할 찰스는 엄마 얼굴 한 번 보지 못하고 인큐베이터로 들어갔고, 남편인 제시(36)는 울산에서 일하고 있었다.

　　부산가톨릭노동상담소 실무자에게 들은 이야기로는 미리암 씨가 출산 전에 딱 한 번 노동상담소에 와서 어느 병원에서 출산을 하는 게 좋은지 물어본 적이 있다고 했다. 그녀는 선박에서 페인트공으로 일하다가 제시를 만나 평일에는 열심히 일하고 주말에는 서로의 사랑을 키워나 갔다. 서로 의지하며 타국에서 고달픈 이주 노동자 생활을 하던 이들에게 이런 엄청난 고난이 찾아올 줄 누가 알았으랴. 반 년 가까이 가톨릭 부산노동사목에서는 미리암 씨 문제로 동분서주했다. 중환자실에서 하루하루 고비를 넘기는 동안 쌓여만 가는 병원비며, 24시간 간병할 사람을 구하는 문제, 뇌사 판정만 내리지 않았다 뿐이지 뇌사 상태라 살아날 희망은 없는 상태였고, 더군다나 사회적 약자인 이주 노동자였다.

필리핀 공동체에서 미사 때 모금을 하기도 하고, 이들의 안타까운 사연을 가톨릭신문에도 내면서 도움의 손길을 찾았다. 남편 제시는 야간 일을 하면서 하루 4시간밖에 잠을 자지 못하면서도 아내를 위해 헌신적으로 간병을 하고 있었다. 사랑은 나눌수록 커지듯이 주위의 도움으로 2,300만 원을 모을 수가 있었다. 대학 병원에서 요양 병원으로 갔다가 울산의 재활 병원까지 기관 절개를 한 채 코로 암죽을 먹으며 사투를 하고 있던 그녀가 눈을 뜨고, 통증에 반응을 보였다. 아내가 깨어나길 간절히 원하던 남편의 정성과 기도가 하늘에 닿았던 것일까. 이때부터 부산노동사목에서는 미리암 씨를 고향인 필리핀 세부(Cebu)로 보내는 일을 구체적으로 고민하기 시작했다.

필리핀에서 어머니가 딸의 간병을 위해 입국해 미리암

씨의 곁을 지키다가 외손자 찰스와 함께 먼저 고향으로 가고 난 뒤였다. 환자가 비행기를 탑승할 상태가 되는지, 의사가 동행할 수 있는지가 관건이었다. 이렇게 하여 부산노동사목에서 미리암 씨 고향 보내기 미션을 수행하기 위해 노동사목 전담 신부를 비롯하여 실무자와 자원 활동가들이 마음을 모은 결과 어버이날에 대한항공 편으로 고향으로 보내게 되었다.

그녀가 입원해 있는 울산의 재활 병원에서 인천공항까지 앰뷸런스를 타고 갔다. 남편 제시와 부산노동사목의 상담 실장과 의사로 내가 따라나서게 되었다. 만일의 사태에 대비해서 60만 원이나 하는 이동용 흡입기도 마련했다. 차를 타고 가는 동안 미리암 씨는 생각보다 잘 견디는 것 같았다. 가끔 기도 안에 가래를 빼주기도 하고, 이마의 땀도 닦아주고, 기저귀를 갈아주기도 하면서 울산에서 인천으로 향했다. 전담 신부도 차를 몰고 함께했다. 우리 모두는 그녀가 무사히 고향 세부로 돌아갈 수 있기를 바라는 마음 하나뿐이었다.

경기도에 접어들자 차가 밀리기 시작했다. 앰뷸런스라 갓길을 달리고 차들의 양보를 받으며 제 시간에 인천공항에 먼저 닿았지만, 같이 비행기를 타고 가기로 한 상담실장을 실은 차가 걱정이었다. 남편 제시와 같이 출국 수속을 밟고 앰뷸런스에 오니 앰뷸런스 기사가 산소를 높여주고 있는데도 모니터링 기계에서 자꾸 산소 포화도가 떨어져 경보음을 낸다고 했다. 입술이 파래지는 게 비행기도 못 타보는 것은 아닌지 걱정이 되었다. 사실 울산에서 인천까지 오는 길에도 조마조마했다. 맥박이 40 이하에서 110회까지 들쭉날쭉했고, 산소 포화도도 자주 떨어졌다. 공항 직원의 안내를 받으며 먼저 계류장으로 앰뷸런스를 타고 들어갔다. 리프트를 이용하여 들것에 실어 비행기 안으로 들어갔다. 좌석 6개의 공간에 그녀가 누울 자리를 만들어놓았고 커튼도 설치되어 있었다.

비행기가 이륙하자, 그녀는 불안하고 겁먹은 표정을 지었다. 손발이 오그라들고 말을 할 수는 없어도 분명 약하지만 의식은 있었다. 비행기 안에는 모니터도 없고, 오로지 청진과 육안으로 환자 상태를 보며 판단하는 수밖에 없었다. 호흡도 약하고, 청진을 해도 숨소리가 잘 들리지 않았다. 거의 두 시간을 환자 곁에 서 있었다. 승무원이 가져다준 산소를 공급하면서 두 시간 만에 환자의 상태는 어느 정도 안정되었다.

좌석에 앉아서도 눈길은 그녀에게 두고 기도하는 마음이 되었다. '미리암은 꼭 고향으로 돌아갈 수 있을 거야.' '의식이 깨어나는 기적이 일어날 거야. 그래서 찰스를 가슴에 안아봐야지.' '엄마도 만나고, 동생들도 만나고. 조금만 더 힘 내.' 승무원에게 물으니 대만을 지났다고 한다. '조금만 더 힘내는 거야. 곧 세부에 도착할 거야. 알았지? 미리암?' 드디어 비행기가 세부공항에 곧 도착한다는 방송이 나왔다. 착륙할 때에 충격이 없어야 할 텐데 걱정이었다. 비행기는 활주로에 내렸다. 겁먹었던 그녀의 얼굴 표정이 이내 돌아왔다. 순간 눈물이 나왔다. 나는 그녀의 이마를 쓸어주었다. 그녀가 알아듣는지는 모르겠지만 귀에다 대고 이렇게 속삭였다. "미리암, 너무 고마워. 고향으로 돌아왔어. 수고했어."

비행기의 모든 승객이 내리고 나자 미리암을 인수하기 위한 필리핀 병원의 앰뷸런스도 도착해 있었다. 공항에 상주하는 의사가 올라왔다. 나는 환자의 상태를 설명하고 가지고 갔던 각종 서류를 건네주었다. 공항 밖으로 나오니 그녀의 어머니와 남동생, 그리고 친구들이 나와 있었는데 모두들 경황이 없어 보였다. 시간은 벌써 자정이 넘어 있었다. 세부의 밤 온도는 29도였다. 후끈한 열기를 온몸으로 느끼며, '미리암 고향 보내기' 미션은 성공리에 마무리를 지었다.

엿새 뒤 세부에서 비보가 날아왔다. 미리암이 하늘나라로 갔다는 소식이었다. 이렇게 빨리 돌아갈 줄은 생각지 못했던 일이었다. 필리핀 전통 의료에 희망을 걸어보겠다고 했었는데, 짐작컨대 열악한 의료 환경과 경제적인 어려움 때문에 적절한 치료를 받지 못했던 것 같다. 마음이 아프지만 어쩌겠는가. 고향의 어머니 품에서 편안한 안식을 취했기를 소망할밖에.

세계적으로 해마다 50만 명 이상의 여성들이 임신과

출산의 합병증으로 죽어가고 있다. '여성에 대한 가장 큰 야만 행위'라고 하는 산모 사망률의 수치는 여성과 남성, 부유한 사람과 가난한 사람 사이의 불평등을 나타내는 가장 중요한 지표이기도 하다. 지금도 이 세상 어디에선가는 1분에 한 명꼴로 산모가 아이를 낳다가 죽어간다. 식탁에 한사람 몫의 자리가 더 있었듯이, 이주 노동자들의 산전 진단과 출산을 돕기 위한 자리가 있었으면 좋겠다.

(2010)

## 아름다운 인연

　지난 화요일 구호병원 수술실에서 수술을 하고 있는데 산부인과 과장님이 수술실에 들어왔다.

　"최과장이 수술해줄 수 있어요? 지난번에 최과장 소개로 이주 노동자가 우리 병원에서 낳은 아이인데 겨드랑이에 결핵성임파선염이 생겼어. 최과장이 수술해줄 수 있다고 보호자한테 기다리라고 할게."

　"예, 수술 마치고 나가서 볼게요."

　이게 누구야! 하 시몬 형제님도 보이고 너무나 예쁜 아이를 안고 있는 필리핀 미등록 이주 노동자 헨시와 제인도 인사를 한다. 헨시 씨는 사출 공장에서 일한다고 했다.

　"벌써 돌이 지났어요?"

　아이를 진찰하니 왼쪽 겨드랑이에 비씨지 접종 뒤에

간혹 생기는 결핵성임파선염이 생겼다. 약으로는 힘들고 수술을 해야 할 상황이었다.

"이번 주 금요일에 수술을 해드릴게요. 아이라 전신 마취를 해서 수술을 해야겠네요."

병원 수녀님, 간호사들 모두 마태오가 너무 잘생겼다고 한마디씩 한다.

천성산 터널 문제로 지율 스님과 함께 도롱뇽의 친구들이 부산고등법원 앞에서 '1000마리 도롱뇽 수놓기 작업'을 하고 올바른 판결을 촉구하는 뜻으로 법원을 한 바퀴 도는 행사를 가졌다. 그때 우연히 하시몬 형제님을 알게 되었고, 나는 명함을 한 장 건네주었다. 그것이 계기가 되어 얼마 후 시몬 형제님이 내게 전화를 걸어 미등록 이주 노동자 헨시 씨의 아내가 만삭이 되었다며 도움을 청했다. 나는 구호병원 수녀님께 연락을 하였고, 그날 밤에 마태오가 태어난 것이다. 다음날 신생아실에서 마태오를 보고 이렇게 글을 썼다.

신생아실로 갓 태어난 아기를 보러 갔다. 신생아실 수간호사는 아기가 너무 예쁘다고 했다. 내가 봐도 쌍꺼풀에 오뚝한 코, 도톰한 입술, 이목구비가 훤하게 생겼다. 옆에는 어제 낳은 다른 필리핀 아기가 요람에 누워 있었고, 그 옆에는 베트남 어머니와 한국 아버지 사이에 난 아기가 누워 있었다. 구호병원 신생아실도 알게 모르게 세계화의 물결을 타

고 있다. 국가 간의 경계가 무너지고, 자본의 자유로운 이동
만큼은 아니지만 노동자들의 이동도 점차 늘어나고 있음을
실감한다. 그러나 우리나라 사람들의 이주 노동자들에 대한
태도는? 배제와 차별이 공공연한 현실임을 부인하기 어렵
다.

금요일 구호병원에서 수술하기 전, 엄마 품에 안긴 마
태오는 아무것도 모르고 있었다. 엄마, 아빠는 전신 마취
를 해야 하는 아들을 걱정스런 눈길로 쳐다보고 있는데,
수술과 마취에 따르는 위험성을 설명하고 너무 걱정하지
말라고 안심시키고 아이를 위해 기도를 부탁했다.

수술실에 들어간 마태오는 곧 잠이 들었고 수술은 무
사히 잘 끝났다. 겨드랑이 임파선은 온통 고름으로 변해
있었다. 마취가 깨자 마태오는 울음을 터뜨렸다. 의식이
돌아오자 겨드랑이에서 통증을 느꼈나보다. 병실로 돌아
온 뒤에는 더욱 울었다. 배도 고프지, 수술 부위도 아프니
울 수밖에. 제인은 언제 젖을 물릴 수 있느냐고 물었다.
저녁부터 먹이면 된다고 말했다.

세상에서 가장 아름다운 모습 가운데 하나가 아기가
엄마 품에서 젖을 빨고 있는 모습이지 싶다 토요일 쉬는
날이다. 구호병원으로 갔다. 마태오의 수술 부위를 소독
하기 위해서다. 소독하는데 마태오가 용을 쓴다. 몸을 뒤
집기도 하고 팔을 뿌리치고 해서 간호사 두 명이 붙들고

겨우 소독을 했다. 상처는 괜찮았고 마태오는 엄마 품에
안겼다. 얼마나 귀엽고 예쁜지 사진을 찍지 않을 수가 없
었다. 이렇게 나와 마태오의 아름다운 인연은 가슴 뭉클
하다. 정말이지 생명은 신비이고 축복이다. 수술 상처도
잘 낫고 건강하게 부모의 사랑을 듬뿍 받으며 무럭무럭
잘 자라라, 마태오야.

(2008)

## 베트남에서 온 두 형제 이야기

산업 연수생으로 5년 전 한국에 온 부시홍(38) 씨는 경기도, 전라남도, 김해에서 용접공과 막노동꾼으로 일하며 코리안 드림을 키워가고 있었다. 고단한 노동으로 받은 100만 원 남짓한 월급에서 60만 원을 고향인 베트남 응에 안 성에 살고 있는 가족에게 꼬박꼬박 부쳤다.

그에게 불행이 찾아온 것은 김해시 한림면에 있는 M산업사에서 순천으로 파견 근무를 갔을 때였다. 용접공으로 파견 일을 하던 중 돈을 더 벌기 위해 주말 아르바이트를 하다가 사고가 난 것이었다. 공장 부근 단독 주택 공사 현장에서 일하다가 5미터 높이에서 그만 떨어지면서 그의 꿈은 산산조각이 나버렸다. 돈을 많이 벌어 고향에서 사귀던 애인과 결혼도 하고, 부모 형제와 잘살아보려던 꿈이 박살난 것이다.

그는 추락하면서 12번째 흉추가 심하게 부러져 척수 손상을 입었다. 머리도 심하게 다쳐 두개골절과 뇌출혈도 생겼다. 척추 수술을 받았고, 뇌출혈과 여러 군데 생긴 골절들도 순천의 한 병원에서 9개월을 입원하면서 아물었다. 그러나 척수 손상의 후유증으로 양쪽 하지의 완전 마비는 회복되지 않았다. 베트남에서 동생 부시환(34) 씨가 와서 형의 간병을 하고 있다.

내가 근무하는 알로이시오기념병원으로 왔던 날도 휠체어에 탄 채였다. 내가 그의 딱한 처지를 알게 된 것은 그의 사건을 맡고 있던 노무사를 통해서였다. 산재 신청을 했는데 산재로 인정되지 않았고, 그는 밀린 병원비 1200만 원을 내지 못하여 쫓겨나듯이 순천의 병원에서 짐을 싸야만 했다고 한다. 현재 재심 중이며, 이마저도 기각된다면 행정 소송을 할 예정이란다. 소송 기간 동안 마땅히 갈 곳이 없어, 알로이시오기념병원에 입원하게 된 것이다.

척수 손상 환자에게 가장 큰 문제는 대소변이다. 평생 다른 사람에게 의지해서 볼일을 해결해야 하는 것이다. 지금 병원에서 해줄 수 있는 것은 별로 없다. 규칙적으로 시간을 정해 볼일을 보도록 조절해주는 것이 전부다. 회진 시간에 참았던 대변을 보는 경우가 많았다. 나는 향기로운 냄새가 나면 그가 무안해 할까봐 눈인사만 하고 돌아선다. 오죽 답답하겠는가. 형을 간호하는 동생을 보면서 진한 형제 간의 사랑을 본다. 사랑은 모든 것을 덮어주고, 믿고, 바라고, 견디게 한다.

근로복지공단으로부터 산재 적용을 받으려면 공사장의 총면적이 100㎡ 이상이 되어야 하는데, 그가 일하다 사고를 당한 건축 공사장은 총면적이 99.85㎡로 산재 보험 기준에 미치지 못해 산재 적용을 받을 수가 없다고 말한다. 건축주가 산재 보험에 들지 않기 위해 일부러 서류상으로 공사 면적을 작게 신청한 것이었다. 그를 돕고 있는 노무사는 순천까지 오가면서 공사 현장을 실측한 결과, 총면적이 121㎡로 나와 노동부에 이의 신청을 한 상태라고 했다. 전형적인 서류만 보고 일하는 탁상 행정의 전형이 아닐 수 없다. 이의 신청이 또 기각되면 행정 소송을 해야 하는데, 이 경우에는 약 8개월이 걸린다고 한다.

그의 딱한 처지를 지역 신문에 기사화하고 법률적 절차를 밟고 있지만, 하염없이 기다려야만 하는 그가 더듬거리는 한국말로 이렇게 말한다.

"적은 돈이라도 빨리 보상을 받아 고향으로 돌아가고 싶어요."

다문화 사회로 진입한 우리 나라가 서류상에 15㎠가 모자란다고 일히다 고통을 당하고 있는 그를 외면해야만 하는가. 평생 휠체어에 의지하고 두 발로 걸을 수 없게 된 그에게 좋은 결과가 나와서 고향으로 돌아갈 수 있는 날

이 어서 오기를 바란다. 그의 눈물을 누군가는 닦아주어
야 하지 않겠는가. 살이 오른 그의 얼굴에 웃음꽃이 피어
나길 고대해본다.

(2008)

## 로웰 씨의 입원 약정을 서다

　누구나 병원에 입원을 하게 되면 입원 약정서와 입원 보증을 요구하는 병원의 요구에 당황하게 된다. 2007년 10월 7일 국회 보건복지위 국정 감사장에서 일부 의료 기관들이 중증 환자를 상대로 입원 전에 보증금을 요구하고 있다고 폭로한 적이 있다. 보도에 따르면, "진료비를 체납할 시 입원 보증금으로 대체하겠다."는 문구를 처음부터 입원 약정서에 명시하기도 하고, 환자의 입원비 체납에 대비해 연대 보증인의 인적 사항을 기재하도록 하는 동시에, 신용 거래 정보 조회에 동의하라고 강요하기도 하고, 연대 보증인의 소득세, 재산세, 과세 증명서까지 제출하도록 하는 등 입원 환자들에게 당당히 입원 보증을 요구하고 있다고 한다.

현행 건강 보험법 시행령과 의료 급여법은 환자를 상대로 한 입원 보증금 청구를 못하도록 되어 있다. 진료비를 선수금으로 내도록 요구하거나 연대 보증인을 세우도록 강요하는 의료 기관들의 행위는 여지없이 불법이다. 특히 입원 보증금으로 인해 의료 급여 환자들이 진료를 거부당하는 것을 막으려고 2005년 11월에 의료 급여법 개정안을 국회에 제출했다고 한다. 입원비 체납으로 인한 의료 기관의 피해 문제는 보증 기금 등 별도의 문제로 풀든지, 병원에서 알아서 독촉을 하든지 할 일이다. 보증금 문제로 치료를 받지 못하는 일이 있어서는 안 된다.

오늘 아침에 구호병원 수녀님에게서 전화가 왔다. 필리핀 이주 노동자가 왔는데 혼자 왔다는 것이다. 보통은 직장 동료들이나 커뮤니티에서 같이 따라와서 입원을 하게 되는데 입원 약정서를 쓸 사람이 없다고 한다. "내가 보증서 쓸게요." "다른 사람 없습니까? 〈도로시의 집〉 실무자들이나…." "다들 바쁠 텐데 구호병원까지 오라고 하기가 좀 그렇네요. 수녀님, 마, 제가 할게요." "그러면, 과장님이 알아서 하이소, 하하하."

입원하고자 하는 환자의 인적 사항과 약정 내용, 상급 병실 사용 신청, 연대 보증 등의 내용으로 구성된 것이 입원 약정서다. 지난 일요일에 〈도로시의 집〉에서 진찰을 한 사토 로웰(30세) 씨는 치핵으로 오늘 입원하여 치핵 절제 수술을 했다. 그냥 약으로 쓰기에는 튀어나온 치핵이

컸고 출혈과 통증을 느끼고 있어 수술 치료를 해야만 했다. 기장 정관면에 있는 공장에서 수술을 받기 위해 일찍 서둘러 구호병원으로 온 모양이었다. 마취는 국소 마취로 했다. 괜히 마취과 선생님을 부르면 사례비도 드려야 하고, 다행히 치핵이 한군데만 손을 보면 되어 국소 마취로 수술을 무사히 마쳤다. 수술을 마치고 처방을 내면서 혼자서 슬며시 웃음이 났다. 내가 수술할 환자와의 관계란에 지인(知人)이라 쓰고 수술을 마쳤으니 말이다. 국소 마취로 끝냈으니 금식이 필요 없고 소변줄도 꼽지 않아도 되고 여러 가지로 편한 점이 많았다. 로웰 씨의 빠른 치유를 빈다.

(2008)

## 사회적 약자에 대한 '바자울'이 되어주는 것

　유년 시절의 기억을 떠올려보면, 시골의 풍경 속에는 집집마다 울타리가 있었다. 정거운 싸리 울타리를 지금은 보기 어렵다. 누군가의 울타리가 되어준다는 것은 인간관계의 끈끈한 정이 묻어나는 일이다.

　'만남'에 대한 신영복 선생의 글에 공감한 적이 있다. 우리가 살고 있는 사회는 얼굴 없는 생산과 얼굴 없는 소비로 이루어진 구조라는 것이다. 마치 당구공과 당구공의 만남처럼, 한 점에서 그것도 순간에 끝나는 만남이라는 것이다. 이것은 엄밀히 따지면 만남이 아니요, '관계'가 없는 것이다. 관계가 없기 때문에 서로 배려할 필요가 없다는 것이다. 무서운 사회다. 이런 사회에서는 서로가 서로의 울타리가 되어준다는 것은 어쩌면 바보짓일지도 모른다.

고민이 하나 생겼다. 알피(Alpi)라는 필리핀 이주 노동
자의 일 때문이다. 요즘처럼 경기가 좋지 않은 시절에는
이주 노동자의 취직 자리를 알아본다는 게 여간 어려운
일이 아니다. 녹산공단에 있는 지인을 통해서 알아보아도
"경기가 안 좋다." "외국인이라 분위기를 흐릴 수 있다."
"이런 불경기에 외국인 노동자들이 먼저 해고된다." 모두
들 약속이나 한 듯 거절의 변을 읊어댄다. 전공을 살려 치
기공 분야에서 사업을 크게 하는 동창에게 부탁을 해도
돌아온 답은 "필리핀으로 가는 게 정답"이란다. 답답한
노릇이다. 돕긴 도와야 하는데 말이다.

부산교구 노동사목에서 의료 자원 활동을 하면서 알피
와 만났다. 벌써 십 년도 넘었다. 마닐라에서 치과 대학을
졸업했으나 여러 가지 사정으로 치과 의사 면허를 따지
못한 알피는 나름 꿈을 찾아 한국에 오게 되었다. 〈도로
시의 집〉에서 치과 진료에 참여하기도 하고 환자들의 진
료 차트 정리도 하고 통역도 하면서 더욱 친해졌다. 알피
는 이주 노동자와 가난한 이들을 위한 무료 진료소인 〈도
로시의 집〉에서 십 년째 의료 봉사를 해왔다.

알피와 나는 좀 특별한 인연이 있다. 6년 전, 중앙성당
에서 한국 여성과 혼배 성사를 할 때 나는 알피의 아버지
노릇을 했다. 마닐라에 계신 어머니가 심장병이 있어 비
행기를 타지 못해 결혼식에 오지 못했기 때문이다. 폐백

도 받았다. 그 뒤로 알피는 나를 "Dad"로 불렀다. 그는 양산, 안산, 경주, 진영, 김해, 부산 등지에서 가리지 않고 일을 했다.

고된 노동에 힘들면 물리 치료를 받으러 오고, 장염으로 입원하기도 했으며, 항문 주위에 염증이 생겼을 때는 직접 치루 수술을 해주기도 했다. 최근에 전화가 왔는데 코뼈를 다쳐 대학 병원에서 수술을 받는다고 했다. 자초지종을 들어보니 문제가 심각했다. 부부간의 금슬이 깨진 지는 오래됐고, 네 살 난 아들 도미니크를 보고 싶다는 생각밖에 없었다.

이태 전에 알피 부부와 도미니크가 우리 집에 놀러온 적이 있었는데 그때 이미 이혼 이야기가 나오는 상황이었다고 한다. 주위의 도움으로 비골 골절 수술은 잘 마쳤고, 안창마을에 있는 '엠마우스 하우스'에서 한 달 간 머물게 되었다. 거기서도 불편한 생활이 계속된 모양이었다. 언제 나가느냐고 자꾸 물어봐 눈치 보인다고 했다. 한국에서 살고 싶어 하니 일자리가 필요한데, 당장 잘 곳이 걱정이다. 아는 동생네에 빈 방이 하나 있어 어렵사리 부탁했더니 흔쾌히 허락을 했다. 그날 밤에 바로 짐을 싸서 엠마우스 하우스에서 나와 잠자리 문제는 해결되었다.

〈바자울〉이라는 부산 교구 노동 사목에서 매달 퍼내는 소책자가 있다. '바자울'은 대나무, 갈대, 수수깡 따위로 발처럼 엮어 만든 울타리라는 뜻으로 순우리말이다.

이 책에 알피의 글이 실린 적이 있다. 의료 자원 활동가로 지내다 비자 문제로 필리핀으로 다시 떠날 때까지 6년 동안 한국에서 이주 노동자로 살아가면서 자신의 꿈을 이루었다는 내용이었다.

"나한테 고맙다고 할 필요는 없습니다. 예수님은 우리에게 서로 나누어야 한다고 말씀하셨으니까요." 등이 아파서 치료를 받으려고, 가톨릭이주노동자센터에서 의료 봉사를 하는 의사 선생님이 계시는 병원에 갔을 때 선생님한테서 들은 말을 잊을 수가 없습니다.

나는 그런 말을 한 기억도 없는데, 알피는 나름 마음에 새기고 있었던 모양이었다. 곤경에 처한 누군가의 울타리가 되는 것, 비빌 언덕이 되어주는 것이 교회가 가르치는 연대성의 원리일 것이다. 연대성의 원리는 개인끼리 또는 개인과 사회, 민족들 간에 상호 의존과 유대를 바탕으로 서로 책임을 지고 돌봐야 한다는 것이다. 이웃의 불행을 보고서 그들에 대한 책임감을 느끼고 이웃과 자신의 선익을 위해 투신하고자 하는 결의이며, 분열을 넘어 일치를 추구하는 게 연대다. 이런 연대성의 영적인 힘은 바로 이웃을 위해 아무 조건 없이 자신을 내어놓고, 화해하고, 희생하신 그리스도를 닮고자 하는 데서 나온다.

사랑하는 사람들이 함께 힘을 합쳐 가난하고 소외받는

사람들에게 튼튼한 울타리가 되고자 하는 다짐을 하면 어떨까, 생각한다. 이주 노동자들뿐만 아니라 사회적 약자에 대한 '바자울'이 되어 주는 것. 지금 여기에서 내가 할 일은 알피의 일자리를 얻는 데 적은 힘이나마 보태는 일이다. 좋은 결과가 있기를 바란다.

(2016)

## 손에 단돈 천 원을 쥐어주고서 쫓아낸다면

남루한 옷차림이나 외견상 보이는 신체 장애로 인해 식당에서 쫓겨난다면 우리는 어떤 반응을 보일까? 그것도 손에 단돈 천 원을 쥐어주고서 쫓아낸다면? 신학교 휴학 중에 청소부로 일했던 어느 신부가 기도하고 싶어 성당을 찾았다가 성당지기에게 쫓겨났다는 이야기가 떠오른다. 장애인이나 비장애인을 떠나서 인간에 대한 예의 없음과 일상적 차별에 분개할 수밖에 없을 것이다.

요즘 주말을 장애인 삼총사들과 보내는 시간이 많다. 발달 장애를 가진 L과 선천성 뇌성마비를 앓고 있는 K, 그리고 교통 사고의 후유증으로 뇌병변 장애를 가진 G가 그 주인공들이다. 우리는 같이 모이는 것을 '뭉친다'고 표현한다. 지난 주말에도 우리는 뭉쳤다. 점심은 진주냉면집에서 먹고 우리는 극장으로 갔다. L이 집중해서 보는 모습이 귀여웠다.

여럿이 뭉칠 때, 메뉴 선택은 언제나 어렵다. 우리 일행이 찾아간 곳은 식탁이 여섯 개밖에 되지 않는 조금은 허름한 분식집이었다. 김치말이 김밥이 특이해서 종종 찾던 곳이다. 김밥에 시래기국 한 그릇이면 포만감도 있고 꽤 가성비가 좋은 곳이다. L과 내가 먼저 자리를 잡고 앉았고, 아내와 K가 뒤따라 들어왔다. 나머지 네 명은 분식집 밖에 있었다. 그런데 갑자기 분식집에서 일하던 아주머니가 천 원짜리 지폐 한 장을 뇌성마비 2급 장애인인 K의 손에 쥐어주고는 나가라는 손짓을 했다. 너무 황당한 일이 순식간에 일어나버렸다.

K는 뇌성마비로 얼굴과 상지(팔)의 근육에 강직이 심하다. 나는 얼떨결에 천 원짜리 지폐를 손에 쥐게 된 K의 분노와 슬픔 가득한 눈을 잊을 수가 없다. L의 아빠와 아내가 거칠게 항의했다. 아내는 항의하면서 급기야 울음을 터뜨렸다. 다르다는 것이 틀리거나 나쁘거나 혐오스러운 것은 아니지 않느냐? 우리 돈 내고 밥 먹으러 왔는데 이게 무슨 짓이냐? 화도 나고 슬프기도 하고 한심스럽기조차 했다.

K는 나와 띠 동갑이고 열두 살 아래다. 대학교에서 국문학을, 대학원에서 사회복지학을 전공했다. 석사 학위가 두 개나 된다. 그렇지만 현실의 삶은 녹록치 않다. "하

루 이틀 겪는 일도 아닌데요, 뭐." 하면서 K가 결국 아내의 손을 잡아 끌고 분식점을 나갔다.

낮부터 뭉쳐 즐거운 시간을 보낸 우리의 기분은 엉망이 되어버렸지만, 이건 하나의 '사건'에 불과할 뿐이다. 차별과 무시에 관한 좋은 생각 거리를 던져주었다. 비단 이런 차별이 장애인에게만 국한될까? 장애인, 홈리스, 비정규직 노동자, 이주 노동자, 성 소수자, 가난한 이웃들, 제3세계… 우리가 알게 모르게 차별을 하게 되는 경우는 꽤 많다.

현대는 '이동의 시대'라고 말한다. 지구촌은 상품과 자본이 국경을 넘나든다. 값싼 노동력을 찾는 자본의 운동은 대규모의 이주 노동자를 만들어냈다. 거리를 걸어다니거나 지하철에서도 흔히 나와 다른 피부색을 가진 사람들과 마주친다. 이주 노동자는 80년대 중반부터 유입되기 시작했고 근로 조건이 열악한 3D 업종을 비롯한 중소, 영세 사업장은 솔직히 그들이 없으면 가동이 어려울 정도다. 이주 노동자들은 국내 노동 인력 중 무시하지 못할 비중을 차지하고 있다. 우리는 그들을 부를 때, '외국인 노동자' '불법 체류자'라는 말을 쓴다. 이 두 용어는 차별과 무시의 뜻이 숨어 있는 것 같아 탐탁지 않다.

우리는 별생각 없이 '외국인 노동자'라는 말을 쓰지만 '외국인' 노동자라는 표현 자체가 이미 내국인과 외국인으로 나누어 국적으로 차별하는 뜻을 담고 있다. 그래서 국제 사회에서는 '이주 노동자'라는 말을 쓰기를 권한다. 요즘처럼 인구 이동과 이주가 흔한 세계화 시대에는 누구나 자신이 살던 고향을 떠나 다른 나라에서 일할 이주 노동자가 될 가능성이 높아졌다. 국적이나 인종에 따른 차별을 철폐하고 평등하게 살아보려는 노력을 많이 한다고는 하지만, 노동 현장에서는 피부색과 가난한 나라 사람들에 대한 차별이 여전히 심하다. 하얀 피부를 가진 사람들에게는 호의를 보이고, 검은 피부나 갈색 피부를 가진 사람들은 깔보는 경향이 있다.

허가된 사업장을 벗어나거나, 허가된 체류 기간을 넘긴 이주 노동자를 흔히들 '불법 체류자'라고 말한다. 불법이라는 말은 마치 이들이 무슨 범죄를 저지른 사람처럼 느껴지게 만든다. 이주 노동자들이 출입국상의 체류 기간을 어긴 것은 사실이지만, 그들이 타국의 일터에서 하는 노동의 삶 자체가 불법인 것은 아니다. 그래서 요즘은 불법 체류자라는 말 대신 단지 노동자로 등록되지 않았다는 의미로 '미등록 이주 노동자'라고 부른다.

우리가 들어갔던 분식점의 아주머니도 본시 그런 의도는 아니었을 것이다. 어쩌면 장애를 빙자하여 돈을 구걸하러 오는 사람들을 자주 접했을지도 모른다. 그래도 당하는 쪽은 황당함을 넘어 화가 난다. 무지가 죄라는 말도 있지만, 장애인에 대한 몰지각이 타인의 가슴에 생채기를 남겼다. 자기도 모르게 일상적 차별을 했으리라 생각한다. 어디선가 읽은 '깡패적 차별'과 '일상적 차별'을 명쾌하게 구분한 글이 생각났다.

'깡패적 차별'은 폭력적이지만 명시적이어서 그 소재가 분명하다. 차별자 집단의 소수 내지 극소수에 의해 자행되는 것이 보통이다. 폭력 자체의 범죄성으로 인하여 차별자는 집단의 다른 성원들로부터 비난받고 윤리적으로 고립된다. 반면에, '일상적 차별'은 대개가 비폭력이지만, 은근하고 뿌리가 깊으며 더욱 끈질기다. 차별자 집단의 문화를 내면화한 성원 다수에 의해 자행된다. 차별자 집단이 당연시하는 문화적 가치의 표현이기 때문에 차별자 자신도 그것이 차별인지조차 의식하지 못하며 죄의식도 느끼지 못한다.

우리 사회의 폐쇄적 민족주의와 인종주의에 대한 신랄한 비판은 지금도 유효하다. 차별이 끈질기다는 면에서 보면, 일상적 차별이 깡패적 차별보다 더 무서울지도 모른다. 참 부끄러운 우리의 자화상이다. 일상적 차별이란 말은 곰곰이 되새겨 성찰할 일이다.

결국 우리는 분식집을 나와 건너편 족발집에 갔다. 냉채족발과 장애인에 대한 우리들의 비딱한 시선을 안주삼아 술을 마셨다. K는 그날 좀 과음을 했다. 사실 근육 강직이 있는 장애인들은 술을 많이 마시는 경향이 있다. 알코올이 근육을 이완시켜주기 때문이다.

L의 아빠는 K에게 '천 원짜리'라고 놀렸다. 뇌성마비

와 달리 발달 장애인은 외양이 정상으로 보이기 때문에 L
은 천 원도 받지 못했다고 말해 좌중을 웃겼다. 나는 K에
게 '퇴계 선생'이란 별명을 붙였다.

(2017)

## 장애인에게 휘두르는 가장 아픈 무기가
## 무엇인지 아는가

발달장애인. 이 낱말이 내게로 온 것은 L을 만나고 나서부터다. 올해 25살인 L은 키가 181cm, 몸무게가 120kg이나 나가는 거구다. 난산으로 무호흡증이 와서 죽을 고비를 넘기고 태어난 아이다. 다섯 살 무렵에 발달장애 진단을 받았다. 덩치는 어른이지만, 영락없는 다섯 살배기다. 지금, 우리 둘은 사랑하는 사이가 되었다. 교감이 생긴 것이다. 우리 집은 L의 또 다른 집이 되었고, 난 L을 만나면 언제나 즐겁다.

L에게 "큰아버지한테 노래 하나 불러줄래?" 하고 청하면, 눈을 껌벅이며 1초쯤 뜸을 들이다가 바로 노래를 한다.

모두가 욕심 버리면 그 모든 것이 즐거워

　　걱정과 근심 떨쳐버려요. (중략)

　　욕심을 모두 버리고 이 세상 바라본다면,

　　곰처럼 편히 살 수가 있죠. (중략)

　　정말이야! 물론이지!

　L이 어릴 때 보았던 만화 영화 〈정글북〉에 나오는 곰의 주제가란다. 청년이 된 지금도 즐겨 부르는 노래다. 노랫말이 얼마나 철학적인가? 욕망의 거미줄이 씨줄과 날줄이 되어 촘촘하게 얽혀 있는 우리 사회에 일침을 가하는 노래다. 자본주의 사회에 사는 우리에게 '이윤보다는 사람이 먼저'라는 깨우침을 천진난만하게 노래로 가르쳐주는 L이다. '가난한 이들에 대한 우선적 선택'이라는 교회의 가르침을 생글생글 웃으며, 욕심 많은 우리에게 죽비로 내려치기도 하는 L을 사랑하지 않을 수 없다.

　밀양 송전탑 싸움을 하던 할머니들을 만나러 위양 사랑방에 간 적이 있었다. 처음 만난 L의 아빠는 바로 옆자리에 앉아 있었다. 사람의 인연이 이어지려면 이렇게도 이어지나보다. 그 뒤, L을 데리고 우리 집에 종종 놀러왔고, L도 나를 큰아버지로 부르며 따랐다. 기장 해수담수화 문제로 L의 아빠가 기장군청에서 천막 농성을 할 때도 자주 찾아갔다. 그 후 형, 아우하며 허물없이 지내며 서로의 고민을 이야기하고, 사회에 대한 생각들을 주고받으면서 스스럼없는 사이가 되었다.

비장애인들이 장애인에게 휘두르는 가장 아픈 무기가 무엇인지 아는가? 바로 장애인을 바라보는 우리들의 시선(視線)이다. 장애 가족을 가장 힘들게 하는 것 중의 하나는 경멸하는 듯한 시선이라고 L의 아빠는 말한다. 모든 인간은 하느님의 모상대로 창조되었고 평등하다. 장애인을 대하는 경멸의 시선은 믿는 사람과 믿지 않는 사람 사이에 차이가 없다.

> 하느님을 사랑하는 사람들 곧 하느님의 계획에 따라 부르심을 받은 사람들에게는 모든 일이 서로 작용해서 좋은 결과를 이룬다는 것을 우리는 압니다.
>
> (로마인들에게 보내는 편지 8:28)

내가 참 좋아하는 성경 구절이다. 장애인들을 바라보는 따듯하고 부드러운 시선은 돈이 드는 것도 아닌데, 협력하여 선을 이루는 것이 그렇게 어려운 일인 모양이다!

(2016)

　바둑은 인생의 축소판이라고 말합니다. 한 판의 바둑에서 질 때마다 한 수를 배운다고 합니다. 복기(復棋)를 통해 두어진 순서대로 검토하면서 나의 잘못된 수나 상대방의 좋은 수를 확인할 수 있기 때문에 바둑 실력이 는다고 합니다. 복기는 되돌아보고 반성하고 잘못된 부분을 고친다는 의미입니다. 출판사에서 보내온 교정지를 읽어나가면서 복기를 떠올렸습니다. 의사로 지내온 30여 년을 되돌아보게 되었습니다.

　우리가 무엇에 감동을 받는 경우는 지난날의 어떤 기억과 낯낳을 때가 많습니다. 비슷한 경험이나, 책을 읽다가 과거를 해석해주는 문장을 만났을 때나, 전에 먹었던 맛있는 음식에 대한 냄새가 떠오를 때처럼 말입니다. 의사로서 과거를 반추하면서 드는 생각은 부끄러움입니다. 글은 행동을 미화하는 경향이 있습니다. 삶으로 사랑을 증거하는 것은 어려운 일입니다. 인간은 불완전한 존재이기 때문입니다. 그러나 의사로서 다짐했던 그 첫 마음을 잊지 않으려고 애를 씁니다. 비록 시지푸스의 바위일지라도 말입니다.

의대 새내기 때 읽은 세 권의 책이 기억납니다. 《아무도 미워하지 않는 자의 죽음》《닥터 노먼 베쑨》《자기의 땅에서 유배당한 자들》입니다. 독일 나치하에서 저항한 뮌헨의과대 학생 한스 숄, 사회를 치료한 위대한 캐나다의 휴머니스트 흉부 외과의사 노먼 베쑨, 알제리 독립 전쟁에 투신한 정신과 의사 프란츠 파농의 삶을 배웠습니다. 사회의 부조리와 불의에 저항하는 의사들의 이야기입니다.

또한 지금은 고인이 된 세 분이 생각납니다. 저의 인생에서 세 분을 만난 것은 큰 행운이었습니다. 한국의 슈바이처라는 장기려 선생님, 가난하고 소외된 병든 사람들을 사랑으로 치료해주셨던 선우 경식 요셉의원 원장님, 그리고 아프리카 남수단 톤즈에서 인술을 펼쳤던 이태석 신부입니다. 장기려 선생님은 의예과 2학년 때 강의실에 오셔서 어떤 의사가 될 것인지에 대해 좋은 말씀을 해주셨던 기억이 납니다. 선우 경식 원장님은 서울과 부산에서 만났을 때 많은 이야기를 나누었습니다. 의사로서 고귀한 삶을 살다 가셨지요. 이태석 신부는 저와 동갑내기입니다. 사제품을 받고 제가 다니던 성당에서 첫 미사를 마친 뒤, 등나무 아래에서 두 시간 동안 이야기를 나눈 기억이 엊그제 같습니다. 그분이 의사 신부로서 펼친 사랑은 영화로도 만들어져 많은 이들의 가슴을 울렸습니다.

COVID 19 팬데믹으로 세계가 신음하고 있는 때입니다. 마스크 착용, 손 씻기, 사회적 거리 두기 등 개인 위생 수칙 외에는 뚜렷한 예방이나 치료법이 없는 상황이 1년 가까이 되어갑니다. 요양 병원에서 일하고 있는 지금의 저는 환자들의 '코로나 블루'가 걱정입니다. 날마다 면회를 오던 가족이 왜 이리 오지 않느냐, 자식들이 나를 버렸나보다고 생각하며 우는 와상 상태의 어르신들을 날마다 만나는 일도 쉽지 않습니다. 치매나 뇌졸중의 후유증으로 말이 통하지 못하는 분들께 회진 시간마다 어르신들의 손을 잡아주는 것이 제가 할 수 있는 최선입니다.

살기가 고달픈 시절에는 가난한 이웃들이 더욱 고통을 받기 마련입니다. 사람은 누구나 똑같이 위대하고 초라합니다. 배고픈 사람에게 밥을 주는 것이 사랑이듯이 누구나 코로나 블루를 앓는 시대에는 빈곤의 덫에 걸린 가난한 이웃들을 먼저 생각하고 서로 사랑하면 좋겠습니다. 정의가 상불처럼 흐르는 하느님의 평화를 갈망합니다. 그 가난한 마음에 그분이 머무시지 않을까요?

배고픈 사람에게 밥상을 차려주는 일, 목마른 사람에

게 마실 것을 주는 일, 헐벗은 사람에게 입을 것을 주는 일, 집 없는 사람에게 쉴 곳을 마련해주는 일, 아픈 사람들과 갇힌 사람들을 찾아가 위로하는 일, 죽은 사람들의 장례를 치러주는 일, 비루한 인생으로 절망하는 사람들에게 희망을 주는 일이 사랑을 실천하는 것입니다.

가수 이승철이 부른 노래 '사랑 참 어렵다'를 저는 좋아합니다. "사랑 참 어렵다. 어렵다. 많이 아프다. 내 모든 걸 다 주어도 부족한 사랑 참 어렵다." 가사의 일부입니다. 그러나 우리가 남에게 해야 할 의무 중에서 아무리 해도 다 할 수 없는 의무 한 가지는 사랑의 의무입니다. 남을 사랑하는 사람은 율법을 완성한 것이라고 합니다. 우리는 '그래서 사랑'하지만, 그분은 '그럼에도 사랑'하신다고 합니다. 그래서 사랑의 실천이 참 어렵습니다.

"삶이란 사랑하는 법을 배우기 위해 주어진 얼마간의 자유 시간"인지도 모릅니다. 이념이나 종교를 떠나서 우리 모두 가장 고통받는 사람들을 먼저 보살피는 사람이 되면 얼마나 좋을까요?

가난한 이웃에 대한 불편한 진실의 글들을 모아 에세이집을 내면서 지구상의 나무를 없애는 데 일조하지는 않는지 걱정되기도 합니다. 어려운 출판 현실에도 책을 내어주신 책읽는고양이 출판사 가족들께 고마운 마음을 전합니다.